www.mayabooks.co.kr

www.mayabooks.co.kr

광전사가 죽지 않아!

광전사가 ⑦ 죽지 않아!

지은이 | 누워서보자
펴낸이 | 권순남
펴낸곳 | (주)마야 · 마루출판사

등록 | 2008. 1. 7(제310-2008-00001호)

초판 인쇄 | 2019. 7. 30
초판 발행 | 2019. 8. 6

주소 | 서울시 노원구 상계 1동 1049-25 신영산업 BD 602호
대표전화 | 02-2091-0291
팩스 | 02-2091-0290
이메일 | marubooks@hanmail.net

ISBN | 978-89-280-9326-7(세트) / 978-89-280-9945-0
정가 | 8,000원

잘못된 책은 교환하여 드립니다.
저자와 협의하여 인지를 붙이지 않습니다.

「이 도서의 국립중앙도서관 출판시도서목록(CIP)은 서지정보유통지원시스템 홈페이지(http://seoji.nl.go.kr)와 국가자료공동목록시스템(http://www.nl.go.kr/kolisnet)에서 이용하실 수 있습니다.」
(CIP제어번호:CIP2019025871)

광전사가 죽지 않아! 7

MAYA&MARU GAME FANTASY STORY

누워서보자 게임 판타지 장편소설

마야&마루

✧ 목 차 ✧

제48장. 맨입으로 ···007

제49장. 선전포고 ···035

제50장. 다른 세상 ···079

제51장. 수준 ···111

제52장. 성물 ···169

제53장. 용사 ···211

제54장. 인생 최대의 위기? ···251

제55장. 소문 ···293

광전사가 죽지 않아!

제48장

맨입으로

광전사가 죽지 않아!

차장!

바닥에서 얼음 가시가 솟구쳤다.

몸을 뒤로 굴려 간신히 피하고 정면에 육각 방패들을 넓게 포진시켰다.

태도가 하얗게 퍼진 냉기를 가른다.

하얀색에 가까운 푸른 참격이 얼음 바닥을 헤집으며 나를 향해 쏘아졌다.

[번개화]

신발이 번쩍하더니 몸 전체가 번개로 변했다.

신력의 영향으로 번개화는 황금빛을 띠었다.

허공에 번개의 길을 사용했다.

황금빛 전격으로 이루어진 길이 디자인의 뒤쪽을 향해 길게 뻗었다.

그 위로 발을 올린 순간이었다.

쾨직!

"이런!"

참격이 육각 방패를 뚫고 내가 있는 곳을 휘저었다.

((입만 산 놈이었군.))

디자인이 실망스럽단 어투로 말하곤 몸을 돌렸다.

섬뜩!

그 순간 불길한 위화감이 목을 간지럽혔다.

디자인은 반사적으로 태도를 들어 올렸다. 그건 아주 옳은 판단이었다.

파지직! 소리와 함께 나타난 흑검이 목을 노리고 날아들었다.

쾅앙!

태도와 흑검이 격렬하게 충돌했다.

역겨운 황금빛 뇌기가 얼굴 바로 옆에서 튀어 오른다.

((그아아아악!))

디자인은 형용할 수 없는 분노를 느끼고 마기를 발산했다.

"쳇! 실패잖아?"

페이크까지 준 회심의 일격이었는데, 놈의 직감에 막히고 말았다.

점멸로 마기의 파장에서 벗어났다.

디자인이 피막 날개를 활짝 펼쳤다.

((이 버러지만도 못한 인간 놈이!))

"워워, 진정하라고. 그렇게 화낼 일은 아니잖아?"

((죽여 달라 애원하게 될 것이다!))

"그럴 일은 죽었다 깨어나도 없어."

플레이어거든.

흑검 아스칼론과 디자인의 태도가 다시 허공에서 충돌했다.

"크윽!"

힘은 당연하게도 디자인이 압도적이었다.

10여 미터를 날아가 벽에 처박힌 나는 지끈거리는 뒤통수를 문질렀다.

['경시되는 생명'의 효과로 공격력이 70퍼센트 증가합니다!]

'30퍼센트밖에 안 남았나?'

아직까진 괜찮다.

박힌 벽에서 빠져나왔다.

디자인이 천장까지 날아올라 활강할 준비를 하고 있다.

다시 번개화를 사용했다.

((놈!))

번개의 길을 만들어 단숨에 놈이 있는 곳으로 내달렸다.

아무리 강대한 악마라도 인지할 수 없는 게 있는 법이다.

악마 백작 정도가 된다면 모르겠지만 남작 정도로는, 심지어 그 자격마저 박탈당한 악마라면 번개의 속도를 쫓을 수 없다.

((같은 수를!))

번개의 길 끝에서부터 흑검을 휘둘렀다.

스파크가 꼬리처럼 칼끝에 매달려 디자인의 목을 노렸다.

빙결의 악마는 같잖다는 듯 숨을 토해 냈다.

후우우우!

칼날이 얼어붙음과 동시에 전신에 새하얀 서리가 내려앉기 시작했다.

[상태 이상 '빙결'의 영향으로 움직임이 느려집니다.]

[성스러운 메아리]

완갑에서 신성력이 풀어지며 내 몸에 들러붙은 빙결의 저주를 지워 버렸다.

((더러운 자들의 개답게 더러운 힘을 사용하는구나!))

"세간엔 너희들이 더럽다는 인식이 강하거든!"

한 번 더 검을 맞부딪쳤다.

승산이 없는 행위였지만 딱히 그에게 힘으로 이길 생각은 없었다. 그저 이 모든 게 승리를 위한 작은 '발판'일 뿐이다.

그리고 그 발판은 방금 전의 격돌로 완성되었다.

나는 기분 좋게 웃으며 바닥에 처박힐 수 있었다.

((최후까지 방심하지 않고 네놈을 죽여 주마.))

디자인은 선언과 동시에 검을 쥐지 않은 손을 높이 들었다.

얼음 궁전이 새하얀 입자로 분해되며 그의 손안으로 모여들기 시작했다.

"방심은 처음부터 하셨어요. 그리고 그거 쓸 줄도 알았다, 인마."

내가 널 한두 번 상대해 보는 줄 아냐?

지금 상태에선 상대하는 게 버거운 보스 몬스터라는 건 부정할 수 없다. 그렇다고 공략법이 아예 없는 건 아니었다. 오히려 한 시간 동안 설명할 수 있을 정도로 많이 알고 있었다.

특히 요 한 달은 성장도 성장이지만 디자인을 잡는 데 필요한 것들을 수집하는 시간이었다.

"발동."

((아이시클 블리자드(Icicle Blizzard)!))

디자인의 손안에 응집된 기운이 폭발하듯 사방으로 뻗쳐 나갔다. 그것은 셀 수 없을 정도로 많은 고드름이 되었고, 고위 마법으로 취급되는 블리자드와 뒤섞여 주변을 휩쓸기 시작했다.

얼음 성은 사라졌지만 그 공백을 충분히 메울 정도로 매서운 칼바람이었다. '스택'이 전부 쌓이지 않았더라면 목숨을 잃었어도 이상하지 않을 상황.

하지만 그럴 일은 없었다. 놈의 패턴을 완전히 숙지하고 있었기 때문에.

((네, 네놈! 무슨 짓을……!))

미친 듯이 휘몰아치는 고드름을 동반한 눈보라 사이로 붉은빛이 언뜻언뜻 비쳐진다. 엑스 자로 교차된 쇠사슬이었다.

쇠사슬의 중심엔 강렬한 붉은빛을 흘리는 자물쇠가 걸려 있었는데, 정확히 놈의 명치 부근이었다.

"거창한 건 아니고."

아이시클 블리자드가 점점 약해져 간다.

"그냥 네가 가진 얼음의 힘을 봉인시켰어."

((무슨 말도 안 되는!))

"그거 알아? 칼리번은 혹한의 땅에 위치한 도시거든. 예로부터 너 정도는 아니더라도 얼음을 다루는 몬스터가 참 많이 출몰했단 말이지."

((……!))

디자인이 눈을 부릅떴다. 내가 하는 말이 무슨 뜻인지 이해한 것이다.

구하는 데 꽤 애먹었다.

듣기만 해도 증오스럽고 토 나오는 시리즈 퀘스트 '얼음 속'. 무려 8개의 퀘스트로 이어지는 '얼음 속'은 말 그대로 얼음 속에 파묻힌 봉인구의 파편을 찾는 퀘스트였다.

칼리번의 퀘스트들이 겹치는 부분이 많지 않았다면 구하는 데 정말 오래 걸렸을 것이다.

'레벨만 310이 넘었다면 그냥 잡았을 테지만.'

지금 레벨로는 봉인구 '얼음을 옭아매는 자물쇠'가 필수였다.

얼음을 옭아매는 자물쇠의 효과는 단순하다. 얼음을 다루는 대상에게 스택을 5번 쌓으면 일정 시간 동안 얼음의 힘을 봉인한다.

스택을 쌓는 방법은 평범한 충돌. 얻는 게 귀찮아서 그렇지, 발동은 쉬웠다.

"지금까진 설렁설렁했으니 이젠 좀 빡세게 해 보자고."

저 상태가 되기 전까지는 전력을 다해 봐야 큰 피해를 주지 못해 힘을 아끼고 있었다. 이젠 그럴 필요가 없어졌다.

"너한테 악감정은 없다. 있다면 연민 정도겠지."

((버러지 같은 인간 놈이······.))

"뭐, 어차피 리젠될 텐데 연민이 무슨 소용이람."

길게 끌어 봐야 나한테 떨어질 것도 없다.

[성전 모드:발키리 킬러]

신성살을 기반으로 한 강화형 스킬이지만 능력치 자체도 대폭 상승시켜 준다.

[악을 파헤치는 눈]

[빛의 주시]

속성이 마(魔)라면 감당할 수 없는 디버프 스킬이 디자인을 감쌌다.

((이 불쾌한 힘을 감히 내게!))

"사요나라다, 자식아."

디자인이 떠 있는 방향을 향해 검을 찔렀다.

해발고도 4,000미터에 달하는 산 정상 위. 그곳에서 흑과 백이 뒤섞인 무언가가 힘차게 폭발했다.

✢ ✢ ✢

얼음의 힘이 봉인됐다고 디자인의 움직임까지 멈춘 건 아니었다.

싸움은 그 후로도 치열했고, 나중엔 봉인이 풀려 꽤나 고생했다. 그 부분까지 모두 예상하고 준비했지만 빡센 건 빡센 것.

"아으, 죽겠다."

지친 몰골로 바닥에 주저앉았다.

처음 얼음 성이 있던 자리는 드래곤이 할퀴고 지나간 자리처럼 곳곳이 파여 있었다. 듬성듬성 깊은 구덩이도 있었고, 디자인이 조형해 놓은 작은 얼음산도 있었다.

앉아 있는 것도 힘들다.

자리에 드러누웠다. 하늘에서 떨어지는 눈발이 얼굴에

닿을 때마다 차가웠지만 정신을 일깨워 줘서 나쁘지만은 않았다.

"근데 고작 1레벨……."

디자인을 처치했는데 오른 레벨은 고작 1.

300대 전후가 마의 구간이라지만 이건 너무하지 않은가? 그래도 레벨 차이가 60쯤 되는데.

다행인 건 '마족 처치(중급)' 칭호가 최상급에 도달했다는 것.

한 달 내내 악마를 사냥하면서 상급까지밖에 못 올렸는데, 최상급이 되어 기분이 좋았다.

아이템도 전설 등급 하나를 득템했다. 지(地) 속성 방패라서 그리 좋진 않았지만.

"생각할수록 어이가 없네. 얼음 쓰는 새끼가 왜 지 속성 아이템을 드롭하는 거야?"

빙(氷) 속성이었으면 아주 비싼 값에 팔 수 있었는데.

도와주려면 좀 꽉꽉 도와줘야 할 것 아닌가!

나는 괜히 짜증이 나 주먹으로 바닥을 때렸다.

"칫! 누가 봐주는 것도 아닌데 그만 하산하자."

체력도 어느 정도 돌아왔다.

자리에서 막 일어날 무렵이었다.

"음?"

파묻힌 눈 속에서 하얀빛이 일렁였다.

홀린 듯 그곳으로 걸어가 하얀빛의 무언가를 주워 들었다.

"이건……."

낯설지만 왠지 어디서 본 것 같다.

눈을 감고 기억을 되살리려 할 때였다.

삐리리리리!

허공에 통신창이 열리며 시끄럽게 울리기 시작했다.

"아이 씨! 누구야!"

방금 막 떠오를 뻔했는데! 진짜 떠오를 뻔했는데!

발신인을 확인했다.

"가이덴?"

반년도 더 전에 같이 크라켄 레이드를 한 이후로 그에게서 처음 온 연락이었다. 시간이 꽤 지나서 있는지도 몰랐다.

통화 버튼을 눌렀다.

"오랜만이다?"

(아, 형님! 정말 오랜만이에요.)

"갑자기 무슨 일이야? 한동안 연락 한번 없다가."

(하하……. 죄송해요. 그날 이후로 너무 바빠서 연락을 못 드렸네요.)

웃기고 있네.

나중에 안 사실이지만 가이덴은 시로네한테 호감을 가지고 있었다. 그런데 그녀가 나한테 고백을 했으니, 그 입장에선 제대로 기분이 상한 것이다.

나와 연락을 끊은 것도 그 때문이었다. 유치했지만 이해가 안 간 건 아니었기에 사실을 알았을 땐 그냥 조용히 있었다.

녀석이 시로네에게 호감을 가진 건 어떻게 알게 됐냐고?

다 방법이 있다.

나는 지금쯤 어디서 열심히 사냥하고 있을 금발의 미남을 떠올리며 피식 웃었다.

"뭐, 그럴 수 있지. 근데 왜?"

(형님을 찾고 있는 사람이 있어서요. 우연히 저랑 연락이 된 분인데, 형님도 들으면 깜짝 놀라실 거예요.)

이 녀석 나랑 관계를 풀 기회가 생기니 쥐새끼처럼 연락한 거구만?

코웃음이 나올 뻔했지만 산전수전 공중전 다 겪은 나였다.

진짜 나이로 치면 10살도 더 어린 녀석인데, 내가 모르는 척 넘어가 주는 게 맞겠지.

"그래? 그게 누군데?"

(빠삐루스요. 현 세계 랭킹 2위.)

생각보다 거물의 이름이 나왔다. 이건 나도 좀 놀랐다.

하지만 놀란 만큼이나 강한 의구심이 들었다.

"빠삐루스? 그 사람이 날 왜 찾아?"

그와 난 접점이랄 게 랭킹 말고는 없었다.

가이덴도 이유는 모르는 모양이었다.

(그냥 연락 한번 하고 싶대요.)

"흠······."

살짝 고민이 들었다.

그 정도 되는 자가 단순 친목을 위해 돌아 돌아 내게 연락했을 리가 없다. 뭔가 수작을 부리려는 걸지도 모른다.

그렇다면 그 수작이 무엇일까?

'생각한다고 답이 나오겠냐?'

"단체 채팅 하나 만들어."

(넵!)

통신이 끊기고 얼마 후 채팅방 하나가 개설됐다.

접속된 인원은 나까지 총 셋이었다.

가장 먼저 가이덴이 운을 뗐다.

「가이덴:두 분 즐겁게 얘기 나누세요. 전 나가 보겠습니다.」

['가이덴' 님께서 채팅방을 나가셨습니다.]

"아니, 어색하게 우리만 두고 가면 어떡해?"

이 눈치 없는 자식! 설마 세상 사람들이 전부 자기같이 인싸인 줄 아는 건가?

내가 뭐라 채팅을 쳐야 좋을지 모를 때, 다행히도 빠삐루스가 먼저 선챗을 했다.

「빠삐루스:반갑습니다.」

「알딘:아, 네.」

「빠삐루스:다름이 아니고······.」

말꼬리 늘리는 것 봐라?

이럴 줄 알았다. 역시 나한테 원하는 게 있었네.

별로 들어줄 생각은 없지만 그가 원하는 게 뭔지 궁금하긴 했다.

살짝 떠보자.

「알딘:네?」

「빠삐루스:그……. 에잇! 그냥 단도직입적으로 말씀드리겠습니다.」

「알딘:???」

「빠삐루스:좀 도와주세요!」

너무 단도직입적이잖아?

빠삐루스와 만나는 날짜와 장소가 정해졌다.

3일 후, 아포트리아 광장 북쪽에 위치한 카페에서 오전 11시에 보기로 했다.

아포트리아 광장은 본대륙의 이포트리아란 도시에 있는 곳으로 유저가 가장 많이 밀집된 장소 중 하나였다.

굉장히 크고 인기 있는 도시답게 그곳의 스크롤은 거래소에서 50실버면 구할 수 있었다.

"3일. 되게 애매하네."

사냥을 더 할까 했지만 그냥 쉬는 편이 내게도 이로울 것 같다.

 어차피 스네이크가 아무리 열심히 해도 3일 동안 내 레벨을 뒤집는 건 불가능하다. 그러기엔 한 달 동안 그녀와 벌어진 레벨 차이만 5였다.

 5레벨이면 별거 아닌 것 같지만 우리 정도가 되면 1레벨 올리는 데 며칠씩 소요된다.

 "푹 쉬자."

 아포트리아 광장이면 볼 것도 많고 서커스도 관람할 수 있다. 거기다 유원지까지 있어 혼자라도 심심하진 않으리라.

 거래소에서 아포트리아 스크롤을 구매하고 바로 사용했다.

 세상이 하얀 입자로 뒤덮인 순간,

 웅성웅성!

 "와, 사람 진짜 많네."

 사람이 엄청 붐비는 광장 한가운데로 이동되었다.

 이 정도면 명동 저리 가라 할 정도다. 전 세계에서 몰리는 곳이니만큼 당연한 거겠지만, 앞으로 나아가는 것도 힘들어 보인다.

 툭-

 "죄송."

 어깨를 부딪쳐도 짧게 사과하고 제 갈 길 간다. 어이가 없어 한마디 하고 싶었지만 이미 수많은 인파 사이로 사라지고 없다.

'에잉, 똥 매너 새끼. 일단 여기를 좀 빠져나가자.'

개미 떼 같은 인파를 헤집고 광장을 빠져나왔다.

고작해야 200미터 조금 넘는 거리인데 10분이 넘게 걸렸다. 그만큼 사람이 바글바글하다 못해 과포화 수준이었다.

이해가 가지 않았다.

'아니, 뭐 볼 게 있다고 여기 모여 있는 거야?'

광장 중앙에 있는 분수대 하나가 끝이잖은가?

앉아 있긴커녕 걸어 다니기도 어려운 곳에 왜 저러고 있는 걸까.

그냥 유명한 곳이라 저러는 거라면 개인적으로는 한심하게 느껴졌다.

나는 고개를 저으며 여관을 찾아 돌아다녔다.

"여기 원래 이렇게 컸나?"

아포트리아는 전생에 많이 찾지 않은 곳이었다. 그렇다 보니 아는 곳이 그리 많지 않았고, 풍경은 약간 낯설었다.

한 서너 번 방문했었을 것이다. 길드 교류가 목적이었는데, 생각보다 일이 잘 안 풀려 그냥 때려치웠던 걸로 기억한다.

"길드명이 뭐였더라."

도시 규모답게 많은 수의 길드가 아포트리아에 있었는데, 그중에서도 꽤 유명한 길드였다.

"바비앙?"

그런 느낌의 이름이었던 것 같은데…….

그때 옆으로 굉장히 아름다운 미녀가 지나갔다.

나도 남자다 보니 자연스럽게 눈이 돌아갔는데, 때마침 여자도 나를 보고 있었다.

눈이 마주친 우리는 황급히 고개를 돌렸다. 그리고 발걸음을 옮겨 빠르게 그곳을 벗어났다.

'젠장! 더럽게 민망하네!'

그런데 그 사람은 왜 나를 쳐다보고 있었을까? 혹시 알아봤나?

나 정도면 얼굴도 많이 팔렸고, 꽤 유명한 편이긴 하다. 예전엔 사인받고 싶어 하는 사람이 득달같이 몰려오기도 했다.

…분명 그랬었는데.

"음……."

사람들이 저마다 짝을 짓고 떠들며 옆을 스쳐 지나간다. 힐긋 보는 사람들도 있었지만 금세 관심을 끄고 제 할 일을 했다.

분명 게임 초반에만 해도 엄청 많이 알아봤었는데. 매스컴에 노출을 너무 안 했나.

'내, 내가 관종은 아니지만······.'

살짝 서운한데?

내가 시무룩해 있자 누군가 어깨를 뒤로 당겼다.

"저기!"

그럴 줄 알았다. 내가 어떤 사람인데!

한땐 길드 사냥꾼이라 불렸고, 지금은 랭킹 포식자라 불리는 알딘이다, 알딘.

수백은 가볍게 넘어가는 인파 중에 날 알아보는 사람이 하나 없을까?

나는 영업용 마스크를 쓰고 뒤를 돌아보았다.

내 어깨보다 살짝 작은 귀여운 소녀였다. 붉은 기 도는 머리를 트윈테일로 앙증맞게 묶고 있었는데, 만화 속에서 튀어나온 것처럼 눈이 굉장히 컸다.

이 어린 숙녀가 내 팬이라니, 이거 조금 뿌듯한걸?

"무슨 일인가요?"

"다름이 아니고요."

손가락을 꼼지락거리며 내 눈치를 살피다 결심한 듯 자그마한 입을 벌린다.

그래, 사인해 달라고 해. 같이 사진 찍어 달라고 해!

"파비앙 길드 본부 위치가 어딘지 아시나요?"

그래, 전생에 교류하려다 잘 안 됐던 길드 이름이 '파비앙'이었다.

살짝 답답함이 남아 있었는데, 시원하게 뻥 뚫린 느낌이다.

편----------안!

'아니, 이게 아니지.'

나한테 사인을 받으러 왔던 게 아니란 말이야?

근거 없는 자신감이었던가.

고작 1년 사이에 내 인지도는 바닥을 넘어 맨틀 언저리를 맴돌고 있단 말인가!

믿을 수 없었지만 눈앞의 소녀가 그 증거다.

나는 시무룩한 얼굴로 고개를 저었다.

"아니요……."

"아, 네. 수고하세요."

소녀는 고개를 꾸벅 숙이고 그대로 사라졌다.

진짜로 알아보는 사람이 하나도 없을 줄이야. 이게 나라냐.

"다시 여관이나 찾자."

그래도 '파비앙'이란 걸 알아냈으니 그게 어디야.

3일이 흘렀다.

3일 동안 한 거라고는 빈둥대는 일밖에 없었다.

평일이라 가족들을 보러 가는 것도 조금 그랬고, 게임상에선 사람이 너무 많아 돌아다닐 엄두가 안 났다.

진짜 오랜만에 아무것도 안 하고 빈둥거렸다. 10여 년도 더 전에 히키코모리였던 시절이 있었는데, 그때가 떠오를 지경이다.

'사람은 역시 일을 해야 해.'

그런 생각을 하면서 거울을 보고 옷매무새를 단정히 했다.

이제 곧 빠삐루스와 만나기로 했던 시간이다.

"깔끔하게 잘 입었네."

처음 보는 사람이니 옷에 힘을 좀 주었다. 갑옷은 인벤토리에 넣었다.

원래 마을이나 도시에서 오래 머물 땐 따로 생활복을 입는 편이었다.

"이 정도면 되겠지. 엄청 중요한 사람도 아니고."

다른 사람이 듣는다면 기겁할 노릇이지만, 말 그대로였다. 현 시점에서 나보다 주가가 높은 사람은 제로스 정도 말고는 없었다.

한땐 놈의 주가도 넘어선 적이 있었지만 아무래도 랭킹 1위를 장기간 유지하다 보니 네임드력이 상상을 초월한다.

얼마 전에는 광고 제의가 들어왔단 소문을 들었는데, 제시된 가격이 상상을 초월했다. 놈의 성격상 당연히 거절했겠지만, 나였다면 재빨리 수락했을 것이다.

"아니, 근데 나한테는 왜 광고가 안 들어오지?"

지금이라면 찍을 의향이 1,000퍼센트인데.

회귀 초기엔 남들 눈에 최대한 안 띄려고 했지만 요샌 생각이 많이 달라졌다.

 나중에 복수도 하고 그러려면 나라는 브랜드 가치를 높여야 한다.

 지금도 목표는 일인군단이지만 물리적인 힘이 다가 아니다. 그 외적인 부분도 분명 강화시켜야 한다. 적은 절대 놈 하나로 끝나지 않으니까.

 "잡생각 그만하고 슬슬 나가자."

 약속 시간까지 얼마 남지 않았다.

 여관을 나서니 혀가 내둘러질 정도로 많은 인파가 나를 반겼다.

 역시 이곳은 살 만한 곳이 아니다.

 유저라고는 스네이크밖에 없던 칼리번이 훨씬 나았다. 창밖으로 내리는 눈을 보면 마음이 편해지고, 동네도 조용해 요란하지도 않다.

 반면 여긴 관광은커녕 사람에 치여 죽게 생겼다.

 인상을 구긴 채로 카페에 도착했다.

 '왜 여기서 보자 한 건지 이해를 못하겠네.'

 광장 북쪽에 위치한 이 카페엔 사람이 미어터질 정도로 많았다. 온갖 인종이 섞여 있어 글로벌하긴 하다만, 도저히 얘기를 나눌 만한 곳이 아니다.

 어떻게든 안으로 들어가 빈자리를 찾고 있을 때였다. 누군가 어깨를 툭툭 쳤다.

설마 날 알아보고 사인받으러 온 사람인가?

활짝 웃으며 반갑게 인사하기 위해 몸을 돌렸다.

"……."

미소가 거짓말처럼 지워진다.

앞에 선 남자가 머쓱하게 웃었다.

"하하……. 따로 기다리시는 분이라도 있었나요?"

"아닙니다……."

나는 빠삐루스를 보며 도저히 표정 관리를 할 수 없었다.

3일 동안 거품이 싹 빠진 걸 경험했는데도 사람 많은 곳에서 누군가 말을 걸면 나도 모르게 이런 식으로 반응해 버린다.

우리는 어색하게 서로를 보다가 동시에 입을 열었다.

"그럼……."

"저기로……."

"먼저 말씀하시죠."

"아, 예……. 저기로 가시죠."

"아아, 여기 말고 다른 곳으로 가시죠. 사람이 이렇게 많을 줄은 몰랐네요."

내가 빈 곳을 가리키자 빠삐루스가 고개를 저었다.

자리 하나가 남긴 했지만 왜 남았는지 모를 정도로 주변에 사람이 많았다. 대부분이 수다를 떨기 위해 모인 터라 대화가 잘될 것 같지도 않았다.

좋은 생각 같아서 고개를 끄덕였다.

그때 내 눈에 작은 무언가가 걸렸다.

"음?"

7살쯤 되어 보이는 어린 소녀였다. 꼬불꼬불 말린 갈색 머리가 귀여운 아이였는데, 똘망한 눈으로 나를 쳐다보고 있었다.

소녀는 누군가의 손을 꽉 쥐고 있었는데, 손을 따라 시선을 위로 쭉 올렸다.

그 끝에는 빠삐루스가 무표정한 얼굴로 나를 보고 있었다.

"…이 아이는?"

"제 딸입니다."

홀리 가디언은 만 16세 미만은 플레이할 수 없는 가상현실 게임이다.

"아……."

"그렇게 된 겁니다."

빠삐루스의 짧은 사정 설명을 듣고 고개를 주억였다.

그런 일이 있었구나. 그리고 그런 일이 있으면 어린아이도 홀리 가디언을 플레이할 수 있구나.

전생부터 게임을 해 왔지만 처음 안 사실이었다. 게임 내에서 어린아이를 본 적이 없었고, 관심도 없었으니 알 턱이 있나.

'꽤나 힘들게 사셨네.'

빠삐루스는 애 딸린 돌싱이었다. 그런데 직업상 대부분을 게임 속에서 보내니 아이를 돌보는 게 쉽지 않았다.

어린이집에 늦게까지 맡기기엔 불안했고, 자신이 돌보자니 게임은 생계였다.

조금만 쉬어도 금방 뒤처지는 세상에서 쉽지 않은 선택이었다. 무책임하다 욕먹어도 할 말 없었지만, 돈을 벌어야 아이를 먹여 살릴 수 있다.

빠삐루스는 계속해서 고민했고, 방법을 모색했다. 그러다 찾은 것이 같이 게임을 하는 것.

그는 바로 홀리 가디언에 문의했고, 그들은 긍정적인 답변을 보내 주었다.

전투를 비롯해 아이의 정서에 어긋나는 플레이는 금지할 것.

덕분에 아이는 아빠와 함께 홀리 가디언을 즐길 수 있게 되었다.

무책임한 아빠는 그렇게 방법을 찾아내는 데 성공했다.

"대부분은 게임 내에 있는 유치원에 맡겨 놓지만, 그래도 언제든지 볼 수 있으니까요."

"유치원도 있습니까?"

"예. 제시 같은 아이가 꽤 있더군요."

홀리 가디언. 역시 대단한 회사다. 사회적 기업은 아니지만 나름 빈민촌 등에 많은 도움을 주고 있다고 알고 있었다.

"마시쎠여!"

"많이 먹어."

제시가 조각 케이크를 입에 넣으며 방긋 웃는다.

나는 희미하게 웃으며 커피를 홀짝였다.

"좋은 얘기 잘 들었습니다."

"별말씀을. 그냥 저희 가족의 사소한 얘기일 뿐입니다. 그보다 이제 본론으로 들어갈까요?"

"아, 그 전에. 제시? 삼촌이 용돈 줄 테니까 잠깐 놀다 올래?"

"용돈?"

제시가 용돈이란 말에 제 아빠를 한 번 쳐다봤다. 허락을 맡는 눈치였다.

빠삐루스가 고개를 끄덕이자 소녀는 환하게 웃으며 내게 두 손을 내밀었다.

"용돈 주세여!"

"하하! 자, 이거 가지고 맛있는 거 사 먹고 와."

"우와!"

"너, 너무 큰돈입니다."

"에이, 이 정도는 괜찮아요."

"버릇 나빠지는데……."

내가 제시에게 준 용돈은 10골드였다. 이 정도면 도시의 길거리 음식을 풍족하게 사 먹을 수 있을 것이다.

제시는 용돈을 뺏기기 전에 쪼르르 카페 밖으로 나갔다. 빠삐루스가 못 말리겠다는 듯 픽 웃었다.

제시가 나간 걸 확인하고 본격적으로 입을 열었다.

"한 가지 짚고 넘어갈 게 있어서요."

"그게 무엇이죠?"

"전 생각보다 속물이라서요."

"네?"

"단순 친목을 위해 만난 건 아니니 단도직입적으로 말씀드리자면, 저는 맨입으로는 일을 안 합니다."

그 말을 들은 빠삐루스의 눈이 휘둥그레졌다. 그러나 곧 커진 눈은 하회탈처럼 아치형으로 휘었다.

"하하! 이거 한 방 먹었군요. 걱정하지 마십시오. 생계가 걸려 있는 문제라 해결할 수만 있다면 얼마든 지불할 의향이 있습니다."

"대체 무슨 일이기에."

채팅에서 짧게 대화를 나누긴 했지만 정확히 어떤 도움을 구하는지 듣지 못했다.

빠삐루스는 인벤토리에서 메달 하나를 꺼냈다.

그걸 내게 내밀었다.

"보십시오."
"이건……."
메달을 들어 올렸다.
아주 익숙한 문양이 앞면에 그려져 있다.
'설마…….'
뒷면도 보았다.
설마가 사람 잡는다고.

⟨DOOMSDAY⟩

메달의 뒷면엔 '둠스데이'의 로고가 적혀 있었다.
빠뻬루스가 전에 없이 진지한 얼굴로 내게 말했다.
"길드 사냥꾼의 힘을 빌리고 싶습니다."

제49장

선전포고

광전사가 죽지 않아!

"너희 뭐 하는 새끼들이야……!"

한 여자가 절규에 가까운 목소리로 외친다.

아름다운 보랏빛이었을 머리칼은 피가 굳어 지저분하게 엉겨 있다.

여자의 앞에 3명의 남녀가 섰다.

그들은 통일되지 않은 복장을 하고 있었다. 하지만 통일된 게 딱 한 가지 있었는데,

"어느 길드 소속이야!"

그들의 오른쪽 가슴팍에 새겨진, 폭발한 화산 위로 쏟아지는 유성우의 문양이었다.

여자, 실비아는 배를 꿰뚫은 묵직한 도끼를 뽑아냈다.

선전포고 • 37

울컥- 피가 한 움큼 쏟아졌다. HP가 눈에 보일 정도로 빠르게 줄어들고 있다.

3인 중 가운데 선 남자가 오른손을 들어 올렸다.

"랭킹 37위, 실비아. 그만 퇴장해라."

남자가 말을 마친 순간 손바닥 위로 마력이 응집되더니 물방울 하나가 떠올랐다.

"날 알아……? 너네 뭐 하는 새끼들이냐고!"

"궁금해하지 않아도 조만간 알게 될 거다."

"X 같은 자식들!"

"입에 걸레를 문 년이네?"

오른쪽에 선 여자가 뾰족한 손톱을 문지르며 말했다.

실비아는 그녀에게 걸쭉한 침을 뱉었다.

"퉤! X 까!"

"…지저분한 년."

푸욱!

실비아의 몸이 움찔했다.

여자의 뾰족한 창끝이 그녀의 왼쪽 어깨를 꿰뚫은 탓이었다. 거기서 그치지 않고 창을 비틀었다.

우득, 살가죽이 찢겨지며 뼈와 관절이 제자리를 잃었다.

"붕신들……. 게임에서 이런다고 아파하겠냐?"

"그냥 화풀이니까 신경 쓰지 마~"

여자가 활짝 웃으며 말끝을 끌었다.

실비아는 그 말투가 아주 불쾌하고 엿 같았다.

그때 남자가 모든 준비를 끝냈다.

손에 떠올랐던 물방울은 고속으로 회전한 끝에 끔찍한 수압 덩어리로 변해 있었다.

실비아는 저딴 걸 맞았다가는 어디 하나 부러지는 정도로 끝나지 않겠구나, 라고 생각했다.

그 생각은 정확했다.

수압 덩어리는 남자가 장비에 내장된 스킬을 직접 설계한 마법진으로 개량한 뒤 습득한 고난이도 마법이기 때문이다.

위력은 300레벨 몬스터의 팔다리 하나를 터트려 버릴 수 있는 수준.

"이름은 하이드로 밤(Hydrau Bomb)이다."

"안 물어봤어."

"자신이 무엇으로 죽는지는 알아야 하지 않겠나? 그래야 다음에 복수할 때 대비하지."

"쓰레기 같은 레드 플레이어 새……. 크윽!"

"빨리 죽여~"

여자가 창을 거칠게 뽑아내자 실비아가 말을 끝맺지 못했다.

통증이 약하다 뿐이지, 아예 없는 건 아니었다.

남자가 하이드로 밤을 떨어트렸다.

미친 듯이 소용돌이치는 물방울이 실비아의 가슴에 떨어졌다.

밤(Bomb)이란 이름에 비해 폭발의 효과는 없었다.

다만,

"크아아아아악!"

고속 회전으로 인해 압축되어 있던 기압이 풀려났다.

실비아의 상체가 분쇄기에 들어간 것처럼 갈기갈기 찢겨 나갔다.

뼈와 살을 구분하지 않고 풀려난 수압은 인간을 한낱 짚 덩이로 만들었다.

콰드드드득!

끔찍한 광시곡이 어두운 숲의 배경음처럼 진득하게 울려 퍼진다.

게임이라도 지독하게 잔인한 광경.

세 사람은 아무렇지도 않게 시체가 된 실비아에게서 눈을 떼지 않았다.

그리고 불규칙한 음률에 마침표가 찍혀지는 순간.

"끝났군."

시체는 회색빛이 되어 사라졌다.

왼쪽에 선 남자가 떨어진 아이템을 주웠다.

실비아가 애용하던 갈고리 같은 단검이었다.

"좋은 걸 얻었군."

"흐응~ 또 하나 처치~"

"장난이 아니다, 아르셀로."

여자, 아르셀로의 눈꼬리가 활처럼 휘었다.

그녀는 피를 머금은 듯한 웨이브 진 머리칼을 손가락으로 배배 꼬았다.

"어차피 게임이잖아. 뭘 정색하고 그래? 재밌으면 된 거지."

"못 말리겠군요."

왼쪽에 선 남자, 홍진이 고개를 저었다.

홍진은 남자에게 단검을 건넸다.

남자는 단검을 인벤토리에 집어넣고 몸을 돌렸다. 목적을 달성한 이상 이곳에 있을 필요가 없었다.

아르셀로가 총총걸음으로 그에게 다가가 팔짱을 꼈다. 풍성한 가슴이 팔에 닿았지만 일상인 듯 남자는 아무런 리액션도 보이지 않았다.

홍진만이 한심하다는 듯 한숨을 쉴 뿐이었다.

"근데 이제 우리 어디로 가?"

아르셀로가 물었고,

"다음은 빠삐루스입니다."

홍진이 대답했다.

남자가 걸음을 멈췄다. 그의 눈에 녹색 이채가 스쳐 지나갔다.

"빠삐루스?"

"네. 그를 맡았던 자들이 실패했다고 합니다. 그래서 저희보고 처리하라더군요."

"빠삐루스면 랭킹 2위 아니야? 방금 상대한 년이랑은 갭이 너무 큰데?"

그녀의 말대로였다.

실비아는 랭킹 37위로 상위 랭커였지만 10위 안에 드는 유저들과 비교해 보면 별것도 아니었다.

그런데 빠삐루스는 10위 안도 아니고 무려 2위였다.

전 세계에서 2번째로 레벨이 높은 유저라는 것이다.

레벨과 전투 실력이 비례하는 건 아니지만 그 정도면 레벨로 상대를 찍어 누를 수 있다.

충분히 임무를 거부해도 이상하지 않을 상황.

그러나 세 사람의 얼굴엔 두려운 기색이 전혀 없었다.

오히려 남자는 재밌겠단 눈을 하고 있었다.

"바로 가실까요?"

홍진은 자신의 도끼를 주우며 물었다.

남자가 홍진을 쳐다봤다.

남자의 눈이 녹색 빛으로 흥건하게 불타고 있다.

아르셀로는 옆에서 '섹시해~'란 말을 연신 반복했다.

"좋지."

남자의 대답에 홍진은 곧장 스크롤을 꺼냈다.

홍진이 스크롤을 펼쳤다. 상단에 큼지막하게 7개의 스펠

링이 적혀 있었다.

⟨APOTRIA⟩

 유저들이 가장 많이 찾는 도시 중 하나이자 현재 빠삐루스가 머물고 있다고 추측되는 곳이었다.
 남자와 아르셀로가 홍진의 곁으로 다가왔다.
 홍진이 스크롤을 찢었다.
 세 사람의 신형이 빛에 휩싸였고, 숲에선 더 이상 사람의 그림자를 찾아볼 수 없었다.

✥ ✥ ✥

 나는 둠스데이의 메달을 테이블에 내려놨다.
 "이건 어디서 구하셨죠?"
 "말씀드리기에 앞서 제가 처한 상황부터 얘기해도 되겠습니까? 아니, 어차피 다 연결되는 얘기로군요. 메달을 얻게 된 경위나, 제가 처한 상황이나."
 "말씀해 보세요."
 "4~5일 전이었습니다."
 빠삐루스가 담담한 목소리로 얘기를 시작했다.

10분 정도가 흐르고, 모든 얘기가 끝났다.

사태의 심각성에 비하면 짧은 설명이었지만 그렇다고 길게 할 만한 내용은 아니었다.

나는 겹친 손을 입술 위에 올린 채 테이블에 놓인 메달을 보았다.

'나비효과.'

이것도 나비효과였다.

'둠스데이'는 몇 달은 더 있어야 출범하는 길드였다.

그런데 벌써부터 길드가 조직됐고, 전생처럼 빠삐루스를 첫 번째 타깃으로 잡았다.

다행인 점은 시간만 앞당겨졌을 뿐 큰 틀 자체는 달라지지 않았다는 것이다.

'하지만 내가 빠삐루스를 도우면 미래가 달라져.'

전생에는 빠삐루스가 '둠스데이'를 감당하지 못하고 소리 소문 없이 사라졌다.

더 이상 나비효과를 일으키지 않으려면 빠삐루스의 부탁을 들어주지 않는 게 맞다.

그러나 이게 과연 맞는 걸까?

'놈들은 세계 전반을 집어삼키는 괴물이 돼.'

사상 최강의 길드라 불린 '둠스데이'였다.

현 시점 최강의 길드인 '제우스'도 놈들을 감당하지 못했다.

비록 에테리움에서 쪽팔림을 당한 '제우스'지만 그들의

힘은 다른 길드에 비해 한 단계 위에 있다 평가되었다.

그런 '제우스'를 '둠스데이'는 고작 한 달 만에 격파했고, 완전 와해까지 세 달도 걸리지 않았다.

뿐만 아니라 만년 2위에 머물던 '노르드'를 복속시켰고, 유럽 서버를 평정했다.

'흑룡'과의 마찰도 장난 아니었다. 만약 한국 서버의 동맹이 두텁지 않았다면 '둠스데이'의 장난감으로 전락했을 가능성이 높다.

그렇다면,

'지금 시기에 격파하면 놈들은 역사 속으로 사라진다.'

놈들이 속한 조직이 워낙 크니 제2의 '둠스데이'가 나타날지도 모르지만, 그건 나중에 생각할 문제다.

문제는 그런 게 아니었다.

'둠스데이'가 사라지며 발생할 나비효과들.

내가 무서운 건 그것들이었다.

'놈들이 홀리 가디언 전반에 끼친 영향력은 엄청나다.'

그로 인해 내가 입을 손해도 만만치 않을 터.

'둠스데이'의 소멸과 내기 입을 손해를 가상의 저울에 올려놨다.

고민은 길지 않았다.

고개를 들어 빠삐루스를 보았다.

꽤 오랫동안 말없이 있었는데도 그는 묵묵히 나를 기다려 주고 있었다.

빠삐루스가 입을 열었다.

"결정하셨습니까?"

"예. 저는……."

막 입을 열려 할 때였다.

문에 달린 종이 딸랑딸랑 울렸다.

"아빠아아!"

한 소녀가 제 아빠를 부르며 신나게 달려온다.

왼손엔 솜사탕을 쥐고, 오른손엔 윤기가 좔좔 흐르는 닭꼬치를 쥐고 있다.

제시는 해맑게 웃으며 우리가 앉은 테이블 앞에 섰다.

제시의 이국적인 외모는 인형이 살아 움직이는 것처럼 귀여웠다.

제시가 말했다.

"이거 사 와써여!"

아직 어린 탓에 새는 발음은 절로 아빠 미소를 짓게 만들었다.

빠삐루스가 잘했다며 제시의 머리를 헝클었다.

나는 두 부녀의 모습을 보며 입을 열었다.

"도와드리겠습니다."

나비효과라든지, 내가 입을 손해라든지.

그런 건 당장 생각할 거리가 아니다.

회귀의 이점을 잃더라도 모두 잃는 것도 아니고.

한 아이의 행복, 그리고 전생에 나를 고통스럽게 했던 '둠스데이'의 몰락만이 지금의 내가 원하는 전부다.

"길드 사냥꾼의 저력을 보여 드리겠습니다."

그렇게 전쟁의 서막이 서서히 오르기 시작했다.

✠ ✠ ✠

빠삐루스는 딸의 손을 잡고 산책을 하고 있었다.

비록 현실에서 즐기는 산책이 아니었지만 제시는 정말 기쁘다는 듯 연신 제 아빠의 팔을 흔들었다.

빠삐루스는 그런 자신의 딸에게 미안했다.

아무리 가상현실이 현실과 큰 차이가 없더라도 사람이 직접 활동하는 것과 하지 못하는 건 차이가 크다.

낮에는 어린이집에 보내긴 하지만 그것만으로 부족하다.

'미안하다.'

차마 아이에겐 이 말을 입 밖으로 꺼낼 수가 없다.

"아빠! 아빠!"

"왜 불러, 우리 딸?"

"저기에 머가 이써여!"

"음?"

가로등이 있다지만 제법 어두운 산책로였다.

제시가 가리킨 곳을 보았다.

그곳엔 몇 그루의 나무가 서 있었는데, 주변이 깜깜해 아무것도 보이지 않았다.

작은 다람쥐나 토끼가 지나간 모양이었다.

"동물 봤어?"

"사람인데."

"뭐?"

"쩌어어기 나무에 예쁜 언니가 거꾸로 이써써요! 박쥐 같았어! 빨간 박쥐! 히히!"

게임상에 스킬 말고는 환각 같은 게 있을 리 만무.

빠삐루스는 목덜미가 섬뜩해지는 걸 느꼈다.

그가 고개를 위로 든 순간이었다.

창 한 자루가 머리 위로 떨어지고 있었다.

제시를 한 손에 안고 왼쪽으로 몸을 돌렸다.

쾅!

창이 바닥에 박히며 굉음을 토해 냈다.

빠삐루스는 재빨리 검을 뽑아 창이 박힌 곳을 겨누었다.

"흐응~ 피할 줄은 몰랐는데. 꼬마 아가씨가 눈썰미가 좋네."

뿌옇게 내려앉은 먼지 연기 속에서 붉은 머리의 여자가 걸어 나왔다.

"…둠스데이냐."

"어머? 어떻게 우리를 알고 있대?"

"맞나 보군. 지금 아이가 있다. 너희도 생각이란 게 있다면 지금은 물러나라."

"하하하!"

그 말에 아르셀로가 폭소를 터트렸다.

제시가 빠삐루스의 다리에 착 달라붙었다.

"무, 무서어……."

"괜찮아, 괜찮아."

머리를 쓰다듬으며 진정시키려 했지만 아직 학교도 못 들어간 꼬마였다.

제시는 울먹임을 참지 못하고 울음을 터트렸다.

"으아아앙! 무서어여! 무서어여!"

"제, 제시……."

"으음……. 너무 시끄러운데? 이래서 나는 애가 싫더라."

아르셀로가 그리 중얼거리며 창대를 직선으로 눕혔다.

그 모습에 빠삐루스가 눈을 부릅떴다.

"지금 뭐 하는 짓이지?"

"있잖아, 자기, 나는 말이야. 애가 너무 싫어. 싫어서 보이는 족족 죽이고 싶은 거 있지?"

"뭐, 뭐라고?"

"그런데 현실에선 그럴 수가 없잖아. 어머! 생각해 보니까 여긴 게임 속이네? 그럼……."

빠삐루스는 그녀가 하는 말을 믿을 수 없었다.

그리고 마지막에 하려는 말을 도저히 상상할 수 없었다. 그건 인간이라면 절대 해선 안 되는 말이었기 때문이다.

하지만 상상은 언제나 현실을 초월한다.

아르셀로가 히죽 웃으며 말을 끝맺었다.

"여기서는 죽여도 되겠네?"

"미쳤어……."

"칭찬 고마워~ 하하하하!"

아르셀로의 신형이 바람처럼 쏘아졌다.

붉은 머리칼이 바람에 너풀거리며 순식간에 거리를 좁혔다.

뾰족한 창날이 제시의 목 언저리를 향한다.

빠뻬루스가 다급히 스킬을 펼쳤지만 생각보다 강한 위력에 방어할 수 없었다.

낯선 목소리가 들린 건 그때였다.

"나도 너 같은 애들 볼 때마다 죽이고 싶더라."

아르셀로는 얼굴 위로 무언가가 내려앉은 걸 느꼈다.

그게 손이라는 걸 알아채기까지 오랜 시간이 걸리지 않았다.

그렇다면 이 손은 대체 어디서 나타난 것일까?

눈동자만 굴려 손의 주인을 확인했다.

"어?"

그녀는 탄성인지, 탄식인지 모를 소리를 짧게 흘렸다.

손아귀에 힘이 들어간다.
얼굴 전체를 감싼 커다란 손은 안면을 으깰 기세로 손가락의 관절을 구부리기 시작했다.
"꺄아아악!"
게임이건만 끔찍한 고통이 살갗을 파고드는 것 같다.
그것은 공포로 인한 일종의 착각이었다.
목소리가 이어졌다.
"그래. 게임이니까 그래도 되겠지?"
알딘이 무표정한 얼굴로 아르셀로의 얼굴을 땅바닥에 처박았다.

✟ ✟ ✟

'둠스데이'가 막 설립되었을 때, 초대 길드장을 맡게 된 호조는 길드원들에게 이런 말을 한 적이 있었다.
스쳐 지나가는 말이었기에 대다수가 기억을 못할 수도 있지만 아르셀로는 똑똑히 기억했다.

'알딘과 적대 관계가 된다면 어지간하면 싸우지 마.'

그때는 그런 말을 한 저의를 알지 못했다.
아무리 명성이 드높다 한들 한낱 개인.

'길드 사냥꾼'이라 불리지만 그건 예전에나 통하는 이명이었다.

시간이 흘렀고, 길드는 그때보다 훨씬 굳건해졌으며, '둠스데이'는 그런 길드들을 농락할 힘을 가지고 있었다.

속으로 알딘 따위야, 라고 적잖게 생각했다.

그리고 그 생각은 불과 5초 전에 깨지고 말았다.

'뭐야?'

아르셀로는 얼굴이 땅바닥에 긁히면서도 알딘에게서 시선을 떼지 못했다.

달빛 아래로 보이는 적발 적안은 짐승의 그것처럼 번쩍이고 있었다.

"큭!"

아귀에 힘이 더 들어간다.

얼굴이 짓뭉개진다. 비유적인 표현이 아니었다. 진심으로 얼굴이 뭉개지고 있었다.

알딘이 입을 열었다.

"너, 얼굴 기억했다."

"도, 도와……."

아르셀로가 어딘가에 있을 동료들에게 도움을 요청하려 했지만,

"한 놈."

바닥에서 튀어나온 새빨간 칼날이 아르셀로의 목을 깔

끔하게 베었다.

　쥐고 있던 머리가 무게감을 잃고 똑- 떨어졌다.

　머리를 바닥에 던져 놓고 어딘가로 시선을 옮겼다.

　그곳엔 2명의 남자가 어느 정도 거리를 벌린 채 이곳을 지켜보고 있었다.

　알딘은 흑검 아스칼론을 조용히 뽑았다.

"먼저 가십시오."

"하, 하지만……."

"아이가 있잖아요."

도우려 했던 빠삐루스가 멈칫했다.

알딘의 말마따나 이곳엔 제시가 있었다.

제시는 충격적인 광경에 말을 잃고 벌벌 떨고 있었다.

빠삐루스는 제시를 꽉 안아 들고 알딘에게 말했다.

"금방 오겠습니다."

"안 오셔도 됩니다."

빠삐루스는 그 말뜻을 이해하지 못했다.

그저 등을 돌린 채 마을을 향해 달릴 뿐이었다.

반드시 돌아오겠다는 다짐을 한 채로.

알딘은 멀어지는 빠삐루스를 보며 말했다.

"안 쫓네?"

"못 쫓을 테니까."

대답한 건 기이한 로브를 두르고 있는 남자였다.

평퍼짐한 후드를 뒤집어쓴 남자는 입조차 그림자에 가려져 보이지 않았다.

알딘이 입꼬리를 올렸다.

"현명하구나, 잡졸들아."

"오늘 밤은 길겠군."

두 남자와 알딘의 격돌이 시작됐다.

손도끼가 부메랑처럼 허공을 날아온다.

고개를 재껴 손도끼를 피하고 우로 3보 걸음을 옮겼다.

바닥에 그려진 마법진에서 물기둥이 솟구쳐 올랐다.

도끼가 뒤쪽에서 빙그르르 돌며 뒤통수를 노리고 날아든다.

기감을 확장시켜 놨기에 어렵지 않게 피할 수 있었다.

그러나 그에 맞춰 발밑에 마법진이 하나 더 그려졌고, 아까와 같은 물기둥이 솟아올랐다.

"어이고!"

이번 건 아슬아슬하게 피했다.

나는 조금 놀란 얼굴로 두 남자를 보았다.

이름은 모르니 도끼와 법사로 부르겠다.

그들의 전투 방식은 듀오의 정석이었다. 하지만 정석이

라고 그 방식이 쉬운 건 아니었다.

한두 번 손을 맞춰 보는 것으로는 안 된다.

최소 수십 번.

그것도 몬스터가 아닌 사람을 상대로 했을 가능성이 매우 높다.

"잘 피하는군."

법사가 말했다.

그는 상당히 음울한 목소리를 하고 있었는데, 언뜻 들어 보면 들뜬 것 같기도 했다.

전혀 상반되는 느낌이었지만 분명 그랬다.

나는 어깨를 으쓱였다.

"이 정도는 쉽지."

그들의 합격술은 대단하지만 이보다 더한 걸 숱하게 상대해 왔다.

그들이 선보이는 패턴은 변칙적이지만 인간형 레이드 몬스터는 그보다 많은 패턴을 가지고 있다.

"이제 내 차례잖아. 길게 끌지 말자고. 피차 시간도 없는데."

"하하······. 이거 너무 무시당하네요?"

도끼가 어처구니없는지 픽 하고 웃었다.

양손에 하나씩 쥔 손도끼 위로 오러가 둘러진다.

상체를 살짝 낮추고 다리 하나를 뒤로 뺐다.

전형적인 돌진을 위한 자세.

놈 혼자라면 같잖다고 생각하겠지만 뒤에서 법사가 마법을 캐스팅하기 시작했다.

"법사랑 딜탱캐 조합은 너무한다 생각하지 않냐?"

"원래는 창잡이 하나도 포함돼 있었다."

"아하! 그 또라이?"

"말 진짜 많네요!"

도끼가 땅을 박차고 내게 돌진해 온다.

법사가 그에게 여러 버프 마법을 걸어 주었다.

덩치가 살짝 커지며 근육이 팽팽하게 부풀어 오른다. 그러곤 공격 마법을 준비한다.

[다중 육각 방패 전개]

허공으로 5장의 반투명 방패가 떠올랐다. 그것들을 모두 컨트롤하며 도끼를 향해 똑같이 내달렸다.

캐스팅을 마친 법사가 마법을 시전했다.

[슈팅 스타(Shooting Star)X50]

50개에 달하는 빛의 화살이 고속으로 쏘아졌다.

방패들이 핑그르르 회전하기 시작했다.

도끼와 흑검이 격돌했다.

근력은 내가 확실히 우위에 있었는지 도끼의 오른팔이 뒤로 나가떨어졌다.

일그러진 얼굴에도 경악이 드리워져 있었다.

"연기하기는."

"들켰네요?"

도끼의 왼팔이 기형적인 각도로 뒤틀렸다.

쥐고 있던 손도끼의 도끼날이 2배로 커졌다.

콰가가강!

회전으로 인해 방어 면적이 넓어진 육각 방패 위로 빛의 화살이 연달아 박혔다.

폭발이 일어나며 주변이 흩뿌려진 마나의 잔재로 일부 가려졌다.

[점멸]

커진 도끼가 허공을 갈랐다.

도끼는 반동을 이용해 몸을 시계 방향으로 돌렸다.

척추와 골반, 무릎 관절, 어깨 관절에 무리가 갔지만 개의치 않고 도끼를 집어 던졌다.

손을 떠난 도끼는 다시 원래 크기로 돌아갔다.

도끼는 1초에 5회 이상의 회전을 하며 법사가 있는 곳으로 날아갔다.

정확히는 그곳에서 나타난 나를 노리고 있었다.

"낚였네?"

"뭣!"

도끼가 법사의 어깨에 틀어박혔다.

그 힘이 어찌나 대단한지 가뜩이나 근력이 낮은 법사는 바닥을 나뒹굴었다.

준비 중이던 마법이 캔슬된 건 당연한 수순이었다.

도끼는 믿을 수 없는 눈으로 정면을 응시했다. 그리고 눈가를 찌푸렸다.

푸욱!

"상대의 전력을 간과하면 생기는 일이야."

아스칼론이 피에 적셔진다.

놈의 목을 움켜쥐고 검을 뽑아냈다.

푸확!

피가 솟구치며 도끼의 안색이 창백해졌다.

"근데 뭐, 이건 너희 잘못이라기보다는."

목을 뒤로 밀었다.

도끼는 힘없이 엉덩방아를 찧었다. 그는 꿰뚫린 가슴을 손으로 틀어막았지만 무의미했다.

이렇게 할 거거든.

"큭!"

검은 궤적이 손목을 앗아 갔다.

도끼는 팔목을 붙잡고 이를 악물었다.

"내가 너무 뛰어나."

도끼의 눈에 핏발이 섰다.

뒤에서 법사가 일어나는 기척이 느껴졌다.

두세 명이서 어찌어찌 랭커들을 사냥하고 다니는 모양이지만, 이 정도로는 아직 한참 무르다.

"빠삐루스를 노렸다지?"

"…대체 어떻게 돌아온 거죠?"

도끼는 내 물음에 답하지 않았다.

그저 자신의 궁금증을 해소하기 위해 내게 질문했다.

웃긴 상황이었지만 급한 건 내가 아니었기 때문에 친절히 답해 주었다.

"점멸에는 쿨타임이란 게 없거든."

"방금 그 기술?"

"직접 겪었으면서 뭘 물어."

"하!"

도끼가 허탈한 웃음을 터트렸다.

그럴 만했다.

내가 생각해도 점멸이란 스킬은 말이 안 될 정도로 개사기 스킬이었다.

초반엔 재시전까지 쿨타임이 길어 그냥 효율 좋은 스킬 정도였지만, 이제는 뭐.

"나도 대답해 줬으니까 너도 대답해 줘야지?"

"빠삐루스를 노렸냐고요?"

"엉."

"글쎄요."

도끼가 히죽 웃는다.

그 웃음의 의미를 알고 있었다.

"모를 줄 알았어?"

쩡!

마력을 두른 손바닥이 하늘빛 덩어리를 때렸다.

커다란 얼음 망치였다.

손바닥과 충돌한 망치의 면에 굵직한 균열이 발생했다.

균열은 거미줄처럼 사방으로 뻗어 나갔다.

일장(一掌)에 커다란 얼음 망치를 부순 만큼 내게도 어느 정도 여파가 몰려왔다.

시리도록 차가운 한기가 손안으로 침투한 것이다.

[상태 이상 '빙결'이 발생했습니다.]

['빙결'에 의해 당신의 움직임이 둔해집니다.]

"대단하구나! 그 짧은 찰나 우리를 모두 속이다니!"

뒤에서 법사의 우렁찬 목소리가 들려왔다.

크게 말하는 법을 모르는 줄 알았더니, 그건 또 아닌 모양이었다.

동상에 걸린 것처럼 얼음 망치를 두드린 손은 꺼멓게 죽어가고 있었다.

피식-

"같잖아."

"무, 무슨!"

꺼멓게 죽은 손 위로 새하얀 십자가들이 떠오른다.

"고작 이따위 걸 믿은 거야?"

죽었던 세포가 재생된다.

팔에 둘러진 완갑이 새하얀 빛을 뿜어냈다.

몸 주위를 떠돌아다니는 한기가 거짓말처럼 지워졌다.

"당신… 진짜 괴물이군요."

"알았으면 잘 기억해 둬. 다음에 보면 나랑 눈 마주치기 전에 도망쳐야지. 안 그러면 또 죽을 테니까."

미쳤군.

도끼, 홍진은 그리 중얼거리며 새까만 화면을 맞이했다.

남자는 현재 벌어지고 있는 모든 걸 믿을 수 없었다.

아르셀로가 당했다.

홍진이 당했다.

심지어 둘 모두 허무한 최후를 맞이했다.

제대로 된 공격은커녕 두어 번의 충돌이 그들이 해낸 최선이었다.

아니, 아르셀로는 그마저도 못했다.

가장 먼저 얼굴을 붙잡혔고, 땅에 처박혔고, 목이 베였다.

일련의 과정은 고작 1분도 안 된 시간 동안 벌어진 일이었다.

'길드 사냥꾼'.

그 위명은 익히 들어왔고, 동시에 허명이라고 생각했다.

남자는 자신의 실력을 믿었다.

두 사람이 받쳐 준다면 현존 최강의 마법사라 불려도 손색없다 생각했다.

그 힘으로 강자를 탄압할 때 느낀 짜릿함과 전율은 마약을 한 것보다 압도적이었다.

그런데 그럴 수 없는 강자가 나타났다.

오래전, 마약을 끊을 때가 생각났다. 우스운 일이었다. 끊을 생각이 없는데 끊어야 하는 아이러니한 상황.

당시 마약에 완전 절어 있던 상태라 상세하게 기억나지 않지만 한 가지 죽도록 괴로웠던 게 있었다.

금단증상.

마약을 복용하는 이들에게 필시 나타나는 현상.

남자에게 알딘은 금단증상이었다.

욕구를 충족시키게 하지 못하는, 현실에서 만나면 찢어 죽여서라도 해소하고 싶은 욕망.

"웃기지 마, 웃기지 마, 웃기지 마, 웃기지 마."

후드 안쪽에서 번들거리는 남자의 눈은 광기에 젖어 있었다.

마약은 끊었다.

아니, 게임 속 살인으로 중독의 종류가 바뀌었을 뿐이다. 그는 계속 마약을 즐기고 있었다.

"웃기지 마아아아!"

마력이 풀려나오며 로브가 펑퍼짐하게 부풀어 올랐다. 후드가 벗겨지는 건 당연한 현상이었다.

녹색 마력이 전신의 혈관을 타고 빠르게 펌프질을 시작한다.

스킨헤드 위로 굵은 핏줄이 울컥울컥 꿈틀거린다.

"아무도 날 막지 못해!"

'둠스데이'는 그에게 말했다.

지시만 따른다면 원하는 모든 걸 주겠노라고.

"건방지게 앞에 서 있지 마! 고개를 조아리고 죽음을 기다리라고!"

녹색 마력이 남자의 머리 위로 뭉치기 시작했다.

새하얀 서릿발이 둥글게 솟아오른다.

허공에 3개의 수구(水球)가 떠올랐다.

수구는 고속으로 회전하며 꽉 찬 수압 덩어리가 되었다.

랭킹 37위의 여성 플레이어 실비아를 무참히 갈아 버린 하이드로 밤이었다.

"죽어라! 사라져라! 하이드로……."

남자, 에스카토스가 막 주문을 외기 위해 입을 벌린 순간이었다.

"미친 새끼."

황금빛 뇌기를 머금은 성검이 에스카토스의 심장을 관

통했다.

 알딘은 별 감흥 없단 얼굴로 홍진이 드롭한 아이템을 주웠다.

✤ ✤ ✤

 성검 엑스칼이 입자가 되어 사라지고, 법사는 무릎을 꿇었다.

 법사의 가슴엔 길쭉한 구멍이 뚫려 있었다.

 마법사 클래스라는 걸 생각했을 때 즉사했어야 정상이다.

 그런데 법사 놈은 곧 죽을 것 같았지만 죽지 않고 살아 있었다.

 나는 손에 쥐고 있던 도끼 녀석이 떨군 신발을 인벤토리에 집어넣었다.

 이놈만 제대로 마무리 짓고 여자 창잡이가 떨군 것도 주우러 가야겠다.

 그 전에,

 "왜 살아 있냐?"

 궁금한 건 해결해야겠다.

 "……."

 법사는 표독스러운 눈으로 나를 노려보았다.

 확 눈까리를 찔러 불까마!

내가 검지와 중지로 눈을 위협하자 법사 놈이 몸을 움찔 떨었다.

쫄보 자식이 센 척하기는.

손을 내리고 놈과 시선을 맞췄다.

"뭔 짓을 했기에 살아 있냐고."

"크크크…… 왜? 한 번에 안 죽어서 기분이 나쁜가?"

"조금 그렇네."

"그거 미안하군. 하지만 이걸 어쩌나? 네놈은 무슨 짓을 해도 날 죽일 수……. 컥!"

왼팔로 법사의 가슴팍을 뚫었다.

팔을 뽑아내자 손에 두른 핏빛 기운이 안개처럼 흩어졌. 250레벨에 습득한 '블러디 오러'였다.

여자 창잡이의 목을 벤 스킬도 이것이었다.

이 스킬을 선보이는 건 이번이 처음이었다.

블러디 오러를 재사용했다.

"그거 알아?"

"큭……."

법사 놈은 괴로운지 바닥에 엎어져 몸을 배배 꼬았다.

발로 놈의 가슴을 밟아 시선이 하늘을 향하게 만들었다.

"이건 몬스터를 잡기 위한 스킬이 아니야."

"무, 무엇을 한 거냐……."

"이 스킬에는 대상이 한정되어 있어."

핏빛 오러가 맺힌 왼손을 들었다.

칼날처럼 오러를 날카롭게 벼려 검을 쥐듯 팔을 뒤로 살짝 빼 들었다.

"바로."

"잠깐!"

핏빛 궤적이 지그재그로 허공을 그어 내린다.

안타깝게도 어둠의 힘이라 신력을 합치진 못했다.

그렇다 해도 위력은 충분했다.

"인간이다."

툭!

꼬리처럼 따라오던 핏빛 잔상이 목적지에 도달하는 순간 거짓말처럼 사라졌다.

[블러디 오러(Bloody Aura)(1레벨)]

모든 공격력을 절삭력으로 치환한 핏빛 기운을 신체에 둘러 상대를 요격한다.

단, 대상의 종족이 '인간'일 경우 절삭력은 300퍼센트 증가한다. 그리고 시전자는 30퍼센트의 MP를 소모한다.

홀리 가디언의 시스템엔 보이지 않는 수치가 존재한다.

절삭력도 그중 하나였다.

무엇이든 벨 수 있는 힘. 그것이 절삭력이었다.

심지어 내 공격력이 치환된 절삭력이라면, 거기에 300퍼센트 강화된 절삭력이라면 인간의 목 정도는 종잇장을 자르는 것만큼 우습다.

그것이 죽음으로 귀결되진 않지만 죽음에 한없이 가깝게 만들 수 있다.

"심지어 너는 엑스칼에 크게 당한 상태지."

무슨 수작을 부렸는지 몰라도 엑스칼은 내가 가진 최강의 스킬이었다.

그런 걸 심장에 꽂혔으니 HP는 분명 0퍼센트가 되었을 터.

그런데도 살아 있는 걸 보면 불사와 관련된 스킬이나 아이템을 가지고 있을 것이다.

그게 아니면 버그를 썼다든가.

'버그는 아니겠지만.'

버그 플레이어라면 굳이 집단을 이룰 이유가 없다.

혼자인 게 압도적으로 편할 테니까.

무엇보다 '둠스데이' 같은 곳에 소속될 수가 없었다. 출범한 지 얼마 안 된 신생이지만 그들은 엄청난 투자금을 가지고 창설된 초거대 길드다.

만약 버그 플레이어라는 게 발각됐다간 게임상에서 발붙이고 설 수 없으리라.

나는 바닥을 구르는 법사 놈의 머리를 주워 들었다.

"로그아웃 안 됐으면서 왜 죽은 척이야?"

말을 끝내기가 무섭게 감겨져 있던 눈이 떠졌다.

엑스칼로도 안 죽은 녀석이다.

목이 베이긴 했지만 블러디 오러 정도로 마무리 짓는 건 어려울 것이다.

여자 창잡이를 즉사시킨 것과는 다르다.

"대체… 어떻게 그렇게 강한 거지?"

법사는 진심으로 궁금하단 목소리로 물어 왔다.

머리만 남은 놈이 이런 걸 물으니 조금 오싹하다.

머리를 바닥에 집어 던졌다.

이크! 거리는 소리가 들려왔지만 무시하고 바닥에 주저앉았다.

데굴데굴 굴러가던 머리가 튀어나온 돌부리에 걸려 멈추었다.

"강한 거에 이유가 뭐가 필요해? 내 질문에나 답해. 무슨 개수작을 부렸기에 안 죽느냐고."

"크흐흐! 내가 왜 말해 줘야 하지?"

"하! 이거 상황 파악을 못하네."

기공 운용으로 마력을 일으켜 법사 놈의 머리를 움켜쥐었다.

기공 운용의 레벨도 맥스에 가까워져 보다 자유롭게 마력을 다룰 수 있게 되었다.

마력을 밧줄처럼 가늘고 유연하게 변형시켰다.

"어지러울 거야."

붙잡은 마력을 빙글빙글 돌렸다.

머리가 무게중심이 되어 추를 단 것처럼 회전에 속도가 붙었다.

"끄아아아악!"

머리가 비명을 지른다.

"말해!"

돌리는 데 힘을 더 주었다.

아래 팔뚝에 힘이 잔뜩 들어가니 실핏줄이 올라왔다.

마력 밧줄이 돌아가는 속도가 한층 더 빨라졌다.

"으아아아악! 멈춰! 토할 것 같아!"

게임상이라도 이 정도 속도로 돌아가면 멀미가 날 수밖에 없다.

법사 놈은 구걸하다시피 내게 부탁했다.

"말할게! 말할게!"

가오란 가오는 다 잡던 놈이 추잡하게 침을 줄줄 흘리며 외친다.

나는 픽 웃으며 마력을 풀었다.

회전을 멈춘 머리통이 관성을 견디지 못하고 바닥에 처박혔다.

편하게 놔준다고는 안 했다.

마력으로 땅에 박힌 머리통을 빼내 앞으로 끌고 왔다.

"이래도 안 죽네?"

"그, 그만……."

법사의 안색은 창백하기 그지없었다.

입가에 흐르는 침은 멀미가 얼마나 심했는지 알려 주었다.

놈의 꼴이 웃겼지만 웃음보가 터질 정도는 아니었다. 그냥 피식할 정도?

"말해."

"…내 1차 절기다."

"히든 클래스였어?"

"그렇다……."

평범한 물과 얼음을 중점으로 다루는 마법사인 줄 알았는데, 그게 아니었다.

어쩐지 마력이 녹색을 띠고 있어서 이상하단 생각이 들긴 했다. 단순히 아이템 효과라고 생각했었는데.

"뭔 놈의 히든 클래스가 이리 많아? 클래스명이 뭔데."

"그건……."

"또 돌려?"

"자카드의 위자드… 다."

자카드의 위자드라!

전생에 몇 번 들어 본 히든 클래스였다.

그 직업은 다른 히든 클래스와 달리 상당히 특이해 기억하고 있었다.

무엇이 특이하냐면, 자카드의 위자드는 복수의 유저가 얻을 수 있는 클래스라는 것이다!

"아아!"

그때 잊고 있던 정보 하나가 떠올라 나도 모르게 소리를 냈다.

법사가 의아한 얼굴로 쳐다봤지만 헛기침을 하는 것으로 무시했다.

'어쩐지 마력이 녹색을 띠더라니.'

거기다 목이 잘려도 로그아웃당하지 않는 불사 능력까지.

오래된 기억이라 까먹고 있었다.

'자카드'란 마탑에 소속된 마법사들.

그들을 자카드의 위자드라 부르며, 녹색 마력을 사용하고, 흑마법사도 아닌데 죽음을 거부한다.

당연히 진짜 불사 능력은 아니고 한시적인 현상 유지에 불과하다.

그렇다 해도 잠깐이나마 죽음을 극복한 힘은 대단한 것이었다.

덕분에 자카드의 위자드가 된 플레이어들은 한때 주목을 받았다.

그러나 주목은 오래가지 않았다.

자카드 내에서의 파벌 싸움이 그 이유였는데, 그때부터 자카드의 위자드들은 대부분 자취를 감췄다.

그래서 잊고 있었다.

나름 반가웠지만 아직 공개된 정보가 아니니 아는 척하지 않았다.

대신 떠보듯 말을 빙 돌렸다.

"자카드의 위자드라……. 꼭 어딘가에 소속된 클래스 같네. 뭐, 대부분의 클래스들이 어딘가에 소속돼 있지만."

움찔!

한껏 가오를 부리던 모습과 달리 알기 쉬운 놈이다.

차라리 잘됐다.

그냥 죽었으면 전하고 싶은 말도 전하지 못했을 것이다.

법사 놈의 양 볼을 움켜쥐고 코앞까지 끌고 왔다.

"이름."

"에으카오으다."

"…뭐라는지 모르겠네."

볼에서 손을 뗐다.

법사가 입술을 씰룩거리며 다시 말했다.

"에스카토스다."

"그래, 에스토스카."

"에스카토스……."

"그래, 에토스카스."

"에스카토스……."

"새끼가, 이름 쉽게 안 지어?"

괜히 민망해 놈의 뺨을 후려쳤다.

뭔 놈의 이름을 이렇게 복잡하게 지은 거야?

에스카토스가 억울하단 눈빛을 보냈지만 마주치고 싶지 않아 눈을 피했다.

"흠흠! 하여튼 법사 놈아, 너를 통해 너희 뒤에 있는 녀석들에게 전하고 싶은 말이 하나 있거든?"

"…만용이다. 넌 우리를 이런 꼴로 만든 순간부터 돌이킬 수 없는 강을 건넜다. 더 이상 죄를 늘리지…….칵!"

"말은 내가 하고 있잖아."

바닥에 드러누워 있는 몸뚱이를 밟았다.

정확히는 볼록하게 튀어나와 있는 사타구니를 힘껏 밟았다. 두 알이 터져도 이상하지 않을…….

또독?

"…어."

연달아 깨지는 느낌이 났는데, 진짜 깨졌나?

에스카토스의 얼굴을 보았다.

그는 믿을 수 없다는 듯 입술을 벌벌 떨고 있었다.

"깨, 깨졌냐."

"나, 나쁜 새끼! 네놈을 용서하지 않겠다! 비록 게임이라도 네놈이 한 짓을 절대 잊지 않겠다! 반드시 보복하리라! 피로 네놈의 죄를 물으리라!"

"미친놈이 영화를 너무 봤네."

정신 차리라고 주먹을 쥔 손에서 중지만 살짝 빼 이마를 때렸다.

이마가 빨갛게 달아오르며 금세 혹 하나가 자라났다.

"끄아아악!"

"시끄러, 시끄러! 귀청 떨어지겠네. 진짜 고자가 된 것도 아니고. 오지랖 떨지 말고 졌으면 시키는 대로 해, 그냥. 패배자 새끼가. 누가 보면 지가 이긴 줄 알겠어?"

"악마 같은 놈……."

에스카토스가 울상을 지으며 중얼거린다.

놈의 중얼거림을 무시하고 말했다.

"그만 조잘조잘 떠들고 잘 들어. 그리고 전달해. '둠스데이'의 수장에게."

분위기가 급변한다.

에스카토스는 얼굴에 자란 솜털이 곤두서는 걸 느꼈다.

그의 눈을 쳐다봤다.

"계속해서 이런 짓거리를 반복한다면."

달빛에 반사된 적안이 짐승의 그것처럼 번쩍였다.

"나와도 신나게 싸워야 될 거라고."

은은한 어둠이 번지며 새하얀 스파크가 튀어 오른다.

"그리고 그 끝엔 아무것도 남지 않을 거라고."

붉은 머리칼이 스파크에 반응해 뻣뻣해졌다.

에스카토스의 눈에 그 모습은 마치 번개의 신이 현현한

것처럼 보였다.

그는 뭔가에 홀린 것처럼 작은 목소리로 대답했다.

"알… 겠다."

그 말을 마지막으로 거짓된 불사가 끝을 고했다.

"그는 진심입니까?"

새하얀 슈트형 갑옷에 새하얀 망토를 걸친 백금발의 남자가 진지하게 묻는다.

그러나 질문의 대상은 대답하지 않았다.

그저 상석에 앉아 착 가라앉은 눈으로 보고서를 훑고 있었다.

"호조 님."

백금발의 남자가 상석에 앉은 이의 이름을 불렀다.

히페리온. 그것이 남자의 이름이었고, '둠스데이'를 이루는 길드 중 가장 큰 세력을 가진 '궁니르'의 주인이었다.

랭킹은 11위로 TOP 10까지 고작 한 걸음을 남기고 있는 플레이어이기도 했다.

호조가 히페리온을 쳐다봤다.

"나도 모른다."

"…길드 사냥꾼은 개인이지만 저희 앞을 가로막을 수 있는 힘을 지닌 괴물입니다. 그런 괴물이 우리에게 경고를 보냈습니다. 이건 간과할 수 없는 문제입니다. 그가 더 강해지기 전에……."

"완전히 보내 버려야 한다?"

"그렇습니다."

호조가 자신의 말을 예측하자 히페리온은 못마땅한 얼굴로 대답했다.

호조는 고개를 젖혀 천장을 보았다.

히페리온의 말은 일리가 있었다.

출범한 지 이제 일주일밖에 안 되었다. 그런데 알딘이란 걸출한 유저에게 최초로 굴욕을 당했다.

가만히 놔둔다면 분명 길드 내에서 말이 나올 것이다.

"어려운 문제야."

"저와 '궁니르'가 움직이겠습니다."

히페리온이 자신만만한 어조로 말했다.

그가 이끄는 '궁니르'는 아직 파벌 싸움이 한창인 '둠스데이' 내에서도 분명 최강이다.

그의 목적은 알딘의 목을 베는 것으로 입지를 확고히 다지는 것일 터.

정말 그렇게만 된다면 호조는 대환영이었다.

하지만 길드 사냥꾼이 괜히 길드 사냥꾼이 아니다.

호조는 직접 보았다.

그가 제로스와 치열한 접전을 벌이던 모습을, 에테리옴에서 쟁쟁한 길드들과 경쟁해 승리를 쟁취한 모습을.

"너희만으로는 불안하다."

"그게 무슨 뜻입니까?"

"길드 사냥꾼, 알딘은 네가 생각하는 것 이상으로 뛰어나다. 길드 하나로 어찌할 수 있을 거라 생각한다면 빨리 생각을 바꿨으면 좋겠군."

히페리온의 눈이 가늘어졌다.

그는 불쾌감을 숨기지 않았다. 오히려 노골적으로 드러냈다.

"'궁니르'는 최강입니다. 그런 언사는 아무리 길드장이라도 용납할 수 없군요."

"하하! 이 친구야, 너무 이빨을 드러내지 말라고?"

"……."

히페리온이 호조를 찌릿 노려보고 몸을 돌렸다.

'성기사'만이 걸칠 수 있는 새하얀 망토가 허공으로 펄럭- 떠올랐다.

그는 문고리에 손을 올리고 호조에게 말했다.

"길드 사냥꾼을 사냥해 오겠습니다."

"고집불통이로군."

히페리온은 그 말을 들은 척도 하지 않고 문밖으로 사라졌다.

선전포고 • 77

호조는 서서히 닫히는 문을 보며 눈 안쪽을 손가락으로 꾹꾹 눌렀다.

아무리 큰돈으로 묶어도 날뛰는 야생마의 컨트롤은 꽤나 어려운 일이다.

"흠……. 큰 손실이 발생하겠어."

그는 다시 보고서를 읽어 내려갔다.

'궁니르'는 아마도 알딘의 손에 무참히 깨질 것이다.

제50장

다른 세상

광전사가 죽지 않아!

바닥에 떨어진 로브를 주워 들었다.

에스카토스가 걸치고 있던 로브였다. 겉으로 보기에도 상태가 꽤 준수하고, 레어 등급이긴 하지만 내장된 스킬이 나쁘지 않아 값은 좀 나갈 것 같다.

인벤토리에 쑤셔 넣고 자리를 막 벗어나려는 참이었다.

"알딘 님!"

멀리서 빠삐루스의 목소리가 들려왔다.

가로등이 아른거리는 부근에서 한 남자가 헐레벌떡 이곳으로 달려오고 있다.

"안 오셔도 된다니까."

기어코 아이를 안전한 곳에 두고 돌아온다.

다른 세상 • 81

나 혼자 세 명을 상대해야 하니 걱정이 된 모양이었다. 그는 두 명을 상대로도 꽤나 힘들었다고 하니 이해가 안 되는 건 아니었다.

"괘, 괜찮으십니까?"

앞에 멈춰 선 빠삐루스가 주변을 둘러보며 물었다.

아직 적이 남아 있다고 생각하는 모양새다.

"다 처리했습니다."

"예?"

"세 명 정도야, 뭐. 평범하게 찜 쪄 먹었습니다."

"그, 그자들을요?"

빠삐루스는 못 믿는 눈치였다.

동그랗게 뜬 눈이 그 증거였다.

"예."

"어, 어떻게…… 꽤 강해 보이는 사람들이었는데."

확실히.

한 명을 자르고 시작했다지만, 두 명의 합격술은 제법 예리한 구석이 많았다.

내가 레벨만 높은 플레이어였다면 고전을 면치 못했을 것이다.

하지만 나는 레벨만 높은 플레이어가 아니고, 대인 전투에 관해선 아주 많은 경험을 가지고 있었다.

3인방의 실력을 폄하하는 건 아니지만 나와 비비기엔 격

차가 꽤 컸다.

물론 빠삐루스에게 구구절절한 설명은 늘어놓지 않았다.

"제가 누굽니까? 절 아시니까 부탁을 하러 오셨던 거잖아요."

"그렇긴 한데……."

빠삐루스는 얼떨떨한 표정으로 뒷머리를 긁적였다.

아이 아빠라기엔 어리숙한 모습을 여러 번 보여 준다.

나는 피식 웃으며 그의 팔을 가볍게 쳤다.

"돌아가시죠."

"아, 예. 그러죠……."

그리 대답하면서도 뒤를 힐끔힐끔 확인하는 빠삐루스.

나는 고개를 저었다.

이틀이 더 지났다.

사건이 끝난 직후 나는 다시 아틀란티스로 돌아왔다.

그곳에 더 이상 남아 있을 필요가 없었다.

"시간 낭비하면 뭐 하냐~ 레벨이나 올려야지."

빠삐루스에겐 또 위험한 일이 생기면 연락을 달라고 얘기했다.

아마 그에게 위험한 일은 생기지 않을 테지만, 혹시 모르는 거니까.

문제는 역시나 나였다.

'둠스데이'에게 선전포고를 했으니, 그들은 무슨 수를 써서든 나를 노릴 것이다.

'둠스데이 전체가 움직이진 않을 거야.'

미래가 개변된 만큼 '둠스데이'를 이루고 있는 기둥들이 몇 개인지 모른다.

그러나 출범을 한 만큼 기둥 수가 적진 않을 터.

가장 경계되는 건 '궁니르'.

길드 내에서도 가장 호전적이었던 세력이다. 그곳의 주인인 히페리온은 나와의 악연도 꽤나 깊었다.

지금은 효율이 구린 성기사지만, 성기사 클래스가 버프를 받으며 날아오르는 놈이기도 하다.

'다음은 쥐새끼들인가?'

속칭 시궁쥐라 불리는 길드.

근데 이곳은 '둠스데이'에 합병됐는지 모르겠다.

'궁니르'는 얼굴마담이니 반드시 있을 테지만, 그들은 확신할 수 없었다.

애당초 기둥이 몇 개나 되는지도 확실하지 않은 상황.

"알아서 찾아오겠지. 싸우고 싶다면."

생각해 봤자 머리가 아프다.

다시 걸음을 옮기려 할 때였다.

삐리리리-

통신이 걸려 왔다. 상대의 이름을 확인하니 절로 입술이 안쪽으로 말아 든다.

['스네이크' 님에게서 통신이 걸려 왔습니다.]

"얜 또 뭐야……."

꽤나 연락을 자주 하는 편이긴 하지만, 요 일주일 사이엔 연락 한 통 없었다.

"얘랑 통화하면 진짜 피곤한데."

셀리느한테 미안한 마음도 들고.

괜히 어장을 친 것 같은 마음도 없잖아 있었다.

녀석이 좋다고 해서 받아 주고 있는 것이긴 하지만, 이젠 진짜 관계를 정리하는 게 낫겠지.

"이런 적이 없었으니."

진짜 회귀하면서 사랑의 신이 나를 많이 돕는 모양이다. 전생에 없던 러브 라인이 잔뜩 생기는 걸 보면(그래 봐야 3명이지만).

일단 통신을 받았다.

"왜?"

(하이~)

여전한 목소리로 여전하게 인사한다.

"오늘은 무슨 일이야?"

(오랜만에 연락했는데 반응이 왜 이렇게 시원찮아요?)

"본론만."

(재미없는 사람 같으니라고. 그땐 재밌었는데 말이에요.)

"인마, 내가 그때 얼마나 피곤했는데! 그래서 진짜 무슨 일인데 연락한 거야?"

(저기, 그…….)

스네이크가 말꼬리를 길게 끌었다.

지금까지 통화를 하면서 한 번도 이런 반응을 보인 적 없는 녀석이었다.

재촉하듯 다시 물었다.

"왜 그래?"

(부탁… 하나만 들어줄 수 있어요?)

"부탁?"

오늘 선을 그으려 마음을 먹었는데, 부탁을 들어달라고 하면 하려 했던 말을 못 꺼내잖아.

나는 얼굴을 문지르며 무슨 부탁인지 물었다.

(통화로는 조금 그러니 만날 수 있을까요?)

심각한 문제인가?

그날 후로 연락은 많이 했어도 얼굴 보잔 말은 안 꺼내던 그녀였다.

목소리도 살짝 떨리는 것이 진짜 심각한 일인 것 같다가도, 스네이크의 성격을 생각해 보면 왠지 장난을 치는 걸 수도 있겠다 싶었다.

그렇다 해도 이렇게까지 말하면 거절하기 조금 그렇다.
그냥 보고 싶다는 것도 아니고, 부탁을 한다고 하니까.
"흠… 날짜랑 위치 정해."
(지금이요. 하레스에 있어요.)
"하레스?"
하레스는 아틀란티스 초입을 지배하는 왕국 크레타의 수도였다.

처음 아틀란티스에 진입한 플레이어가 겪게 되는 도시이기도 했다. 또 휴식하기에 가장 좋은 도시였다.

나도 스크롤 몇 장은 항상 구비하고 다닐 정도로 하레스엔 자주 들렀다.

"가 보면 알겠지."

무슨 일인지는 모르겠지만, 만나 보면 다 알게 되리라.

하레스 스크롤을 찢었다.

✟ ✟ ✟

스네이크는 심각한 얼굴로 창밖을 보고 있었다.
들고 있는 찻잔은 괜히 빙빙 돌려 내용물이 소용돌이쳤다.
"하아."
그녀답지 않은 한숨이었다.
알딘에겐 명랑한 목소리로 통화하긴 했지만 마지막에

감정을 추스르지 못했다.

그만큼 현재 벌어진 일이 스네이크의 멘탈을 괴롭혔다. 마음 같아선 모든 걸 내려놓고 도망치고 싶을 만큼.

"뭐라고 말을 해야 하지?"

알딘에게 부탁한다고 하긴 했지만 사실 그가 해 줄 수 있는 건 거의 없다.

그냥 매달릴 곳이 없어 억지로 그의 다리를 붙든 수준이었다.

하레스에 자주 들르는 그였으니 스크롤 몇 장 가지고 있을 터.

10분 내로 카페에 도착할 거다.

괜히 심장이 쿵쾅거리고, 목이 탔다.

남은 차를 다 마시고, 웨이트리스를 불러 한 잔을 더 주문했다.

부드러운 흑발을 뒤로 넘겼다.

주변에 앉은 남자들이 소리 없이 탄성을 질렀지만, 심란한 스네이크의 눈에 들어오지 않았다.

문소리가 들린 건 그때였다.

끼익-

'왔다!'

눈에 띄는 적발의 사내가 카페 안으로 진입했다.

그는 주변을 둘러보다가 자신을 발견하고는 성큼성큼

다가왔다.

"왜 이렇게 복잡한 곳에 있는 카페에 들어온 거야?"

"부, 분위기가 좋아서요."

그녀의 말에 알딘이 주변을 둘러봤다.

온통 투박한 나무 벽에 인테리어라고는 쥐뿔도 안 해 놓은 카페였다.

테이블 배치도 불규칙해 공간을 낭비하기까지 했다.

그는 눈을 가늘게 뜨며 스네이크를 보았다.

"너… 이런 취향이니?"

"아, 아니야! 오해예요, 오해. 분위기가 좋다는 건 말을 잘못한 거구요. 조용해서……."

알딘이 다시 주변을 둘러봤다.

상당히 많은 남자들이 질투 가득한 눈으로 이곳을 쳐다보고 있다.

자기들끼리 웅성거리기까지 했는데 그게 한둘이 아니라 상당히 소란스러웠다.

"조용해?"

"…조용했었어요."

"네가 그렇다면 그런 거겠지."

그리 말하며 맞은편에 앉는다.

알딘은 웨이트리스를 불러 마실 걸 하나 시킨 다음 입을 열었다.

"그래서 부탁할 게 뭐야?"

"오랜만에 만났는데 별로 안 반가워요?"

"음… 막 '와! 너무 오랜만이야! 어떻게 지냈어?'라는 리액션을 바라는 건 아니지?"

"그건 아니죠. 어떤 사람인지 이제는 아는데."

"근데 뭘 물어."

"그래도 섭섭하긴 하네요~"

스네이크가 장난스럽게 얘기하자 알딘은 피식 웃었다. 대화는 거의 항상 이런 식이었다.

"그래서 진짜 뭔데? 솔직히 안 오려다가 궁금해서 와 봤다."

"하하! 거짓말하면 다 티 난다니까요?"

"…시끄러."

스네이크가 소리 죽여 웃는다.

알딘이 한 소리 하려 할 때 주문한 차가 나왔다.

진한 홍차였는데, 작은 녹색 잎이 둥둥 떠 있었다.

스네이크는 그가 차를 홀짝이는 모습을 쳐다봤다.

많이 뜨거운지 한 차례 움찔거리며 찻잔을 내려놓는다. 그러곤 고개를 돌려 혀를 빼꼼 내밀고는 손바닥 부채로 식힌다.

스네이크가 입을 열었다.

"약혼자가 생겼어요."

"푸흡!"

"……"

"……."

알딘의 입에서 분무기처럼 뿜어져 나간 홍차가 스네이크의 얼굴을 한껏 적셨다.

새하얀 얼굴에 붉은 물줄기가 또르르 흘러내린다.

"미, 미안……."

"닦기나 해요."

"으응."

알딘은 다급히 티슈를 뽑아 그녀의 얼굴을 닦아 주었다. 젖은 머리카락까진 차마 어떻게 해 주지 못했다.

"뿜을 정도로 충격적이었어요?"

"좀 많이……?"

표정은 말한 것보다 몇 배는 더 놀란 듯했다.

괜히 뿌듯해졌다.

내가 약혼했다는 소식이 저 남자에게도 큰 반응을 보이게 만드는구나.

스네이크는 고개를 숙여 입꼬리를 올렸다.

반면 알딘은 진짜 심각한 얼굴이 되었다. 설마 그녀가 갑자기 약혼 소식을 알려 올 거라곤 상상도 못한 탓이었다.

'아니, 이건 뭐가 어떻게 된 거야? 내가 차인 건가. 사귄 것도 아니고, 내가 고백한 것도 아니니 차인 건 아니지만. 왜 차인 것 같은 기분이 드는 거지?'

알 수 없는 묘한 기분이었다.

그리고 왠지 모를 답답함도 느껴졌다.

실제로 30년을 넘게 살아온 그였다. 이 답답함이 뭔지 굳이 설명하지 않아도 알 수 있었다.

'내가 미쳤구나.'

정이 들었다 생각은 했지만 실제론 이런 감정이 들 정도였다니.

속으로 셀리느에게 사죄했다.

그는 편하게 호흡을 했다. 이 답답함부터 해소한 다음에 본격적으로 얘기를 시작해야 할 것 같다.

스네이크는 알딘을 기다려 주었다.

잠시 후, 두 사람이 대화할 준비를 끝냈다.

"그래. 약혼이라고?"

"충격이 이만저만 아니신가 봐요? 여친 있으시다면서."

생글거리는 볼따구를 아주 세게 꼬집어 주고 싶다.

알딘이 말없이 노려보자 스네이크가 어색하게 웃었다.

"장난이에요, 장난. 제가 왜 약혼 얘기를 꺼냈냐면요. 부탁하고 싶은 문제랑 관련되어 있어서예요."

"음?"

"…약혼하고 싶지 않아."

일순 스네이크의 눈동자가 떨렸다.

그녀에게 집중하고 있었기에 그 변화를 쉽게 눈치챌 수 있었다.

스네이크가 똑같은 말을 반복했다.

"약혼하고 싶지 않아요."

그 말을 하며 눈을 똑바로 쳐다본다.

알딘은 무어라 대답해야 좋을지 알 수 없었다.

약혼이라.

그녀의 집안을 생각하면 아마 평범한 약혼식은 아닐 것이다. 가문 간에 이득을 위한 정략결혼 느낌일 가능성이 높다.

당장 스네이크의 반응만 봐도 그녀가 원하는 약혼이 아니었다.

"내가 뭘 해 줬으면 좋겠는데."

"……."

스네이크는 대답하지 못했다.

말을 꺼낸 그녀도 알고 있겠지만, 약혼과 관련된 문제라면 자신이 해 줄 수 있는 건 하나도 없었다.

아닌 말로 연인 관계였다면 직접 나서기라도 해 보겠지만, 그것도 아니지 않은가.

여기선 냉정하게 굴어야 한다.

그러나 그럴 수 없었다.

"저 한국에 좀 데리고 가 주시면 안 돼요?"

항상 4차원적인 모습만 보여 주던 스네이크가 눈물을 흘렸다.

다른 세상 • 93

❀ ❀ ❀

밖에 나와 잠시 혼자만의 시간을 가졌다.

골목길에 쪼그리고 앉아 하늘을 보았다.

파란 하늘 위로 조각구름들이 삼삼오오 모여 유유히 흐르고 있다.

내 인생도 좀 저랬으면 좋겠는데 뭔가가 자꾸 추가되고, 복잡하게 돌아간다.

"내가 해 줄 수 있는 게 아니잖아."

남의 집안 문제에 무슨 오지랖이라고 끼어든단 말인가?

상식적으로 생각해도 말이 안 되었다.

스네이크도 기댈 곳이 없어 나에게 이런 들어줄 수 없는 부탁을 한 것이다.

"깔끔하게 정리하자. 그게 나를 위해서도, 녀석을 위해서도 더 좋아."

잔인하게 느껴질 수도 있겠지만, 내 나쁜 머리로 생각해 봤을 때 이게 최선이다.

마음을 결정하고 다시 카페 안으로 막 들어갈 무렵이었다.

콰당탕-!

"싫어요!"

"그만 짜증 나게 하고 따라오세요. 저도 슬슬 한겝니다."

"그쪽이 한계인 거랑 저랑 무슨 상관인데요?"

스네이크가 맞은편에 선 근육질의 남자에게 소리친다. 그녀는 잔뜩 흥분했는지 어깨가 들썩이고 있었다.

남자가 눈을 반쯤 뜬 채 말했다.

"이런 식이면 재미없습니다. 집안 간 비즈니스라고 생각하시면 되잖아요? 그게 힘듭니까?"

"예. 아주 힘드네요. 왜 그런 말도 안 되는 일에 제가 엮였는지도 모르겠고, 그냥 상황 전체가 역겹습니다!"

"말 다 했어?"

남자가 화가 났는지 스네이크의 멱살을 움켜쥐었다.

하지만 실수한 것이다.

현실에서였다면 이 근육 덩어리들이 여자에게 아주 위협적이었을 수도 있다.

그러나 홀리 가디언에서만큼은 예외였다.

스네이크의 가늘고 긴 손이 남자의 팔뚝을 붙잡았다.

아니, 붙잡으려 했다.

누군가의 손이 먼저 낚아채기 전까지는.

"알딘 씨?"

"넌 누구야?"

참 피곤한 인생이다.

나는 천장에 달린 볼품없는 전등을 보며 남자의 손목을 꺾었다.

"으악!"

"제대로 약혼한 것도 아니고, 애가 당신 여자 친구도 아니고, 설사 여자 친구라고 해도 폭력은 나쁘지."

우득!

손목을 완전 비틀어 버렸다.

뼈가 탈골되는 것이 여실히 느껴졌다.

남자가 팔을 빼내려 했지만 근력 차이가 압도적이다.

반대 손으로 남자의 얼굴을 붙잡았다. 그리고 가까이 끌고 왔다.

육중한 체구가 솜사탕처럼 가볍다.

그의 귓가에 입을 가져갔다.

"무엇보다."

안면을 쥔 손아귀에 힘이 들어간다.

"얜 날 좋아하더라고."

콰직-!

남자의 두개골에 금이 가는 소리가 카페 안에 크게 울려 퍼졌다.

※ ※ ※

"아, 알딘 씨!"

스네이크가 당황한 목소리로 외쳤다.

그러거나 말거나 거구의 남자를 한 손으로 들어 올렸다.

광대와 하관이 아귀힘을 버티지 못하고 구멍 난 것처럼 손가락이 쑥 들어갔다.

"너… 너 뭐 하는 놈이야?"

남자가 잘 벌어지지도 않는 입을 열심히 움직여 물었다. 옆으로 집어 던졌다.

콰강캉! 테이블과 의자 등이 거칠게 박살 났다.

주변에서 비명을 지르는 사람도 있었다.

남자가 얼굴을 문지르며 자리에서 일어난다.

"너 이 새끼! 내가 누군지 알아!"

"알고 싶지도 않아."

발로 배를 힘껏 깠다.

남자의 몸이 붕 뜨는 걸 넘어 고속으로 벽에 처박혔다.

아니, 벽을 뚫고 날아가 바닥을 몇 번 뒹군 후에 다른 건물 벽에 꽂혔다.

별로 세게 찬 것도 아닌데, 요란하게도 날아간다.

그러나 이건 지극히 내 생각일 뿐. 남자의 레벨은 기껏해야 100대 후반이었고, 나는 300레벨 언저리였다.

심지어 에픽 클래스라 능력치는 제로스와 비벼도 꿀리지 않으리라.

카페의 주인을 쳐다봤다.

당황한 얼굴로 이곳만 보고 있다.

인벤토리에서 돈주머니를 꺼내 멀쩡한 테이블에 올려놨다.

"수리비입니다. 값은 충분할 겁니다."

그 말만 남기고 다시 남자에게 걸어갔다.

남자는 비틀거리며 자리에서 일어났다.

"이 새끼……. 지금 네가 무슨 짓을 했는지 알아?"

"사람 때리려는 놈을 때렸지."

"그걸 말이라고……! 너 내가 누군진 알고 이런 짓을 벌이는 건가? 아니, 저 여자가 누군진 알고 이러는 거야?"

"잘 알지. 스네이크잖아. 그리고 정황상 쟤가 하기 싫어하는 약혼의 주인공인 것 같고."

"그걸 아는 놈이 나한테 이런 짓거리를 한 거냐."

남자가 눈을 무섭게 떴다.

게임이 아니었다면 저 체구에 주눅 들었을 것 같다.

이래서 온라인 여포가 최고라니까.

"똑같은 말 또 해야 하나? 그리고 아닌 말로, 공공장소에서 행패 부리는 놈이 뭐가 잘났다고 주둥이가 새털처럼 가벼워?"

"뭐, 뭣?"

"심지어 폭력까지 쓰려고 하고. 아니지, 넌 나한테 고마워해야 해. 어서 고맙다고 인사해."

"갑자기 무슨 개소리야!"

내 말에 잔뜩 열이 받은 남자가 일갈했다.

"개소리냐니. 내가 안 했으면 진짜 쟤한테 미친 듯이 두

들겨 처맞았을 텐데."

"두, 두들겨 처맞아? 뚫린 입이라고 말……!"

"여기까지 온 놈이면 주제 파악은 좀 해야지. 스네이크가 어느 정도인지 몰라서 이러는 거야?"

"그건……."

남자가 항변하려다 내 뒤에 있는 스네이크를 보고 입을 다물었다.

슬쩍 돌아보니 스네이크는 쌍심지를 켠 채 이곳을 노려보고 있었다. 어쩐지 뒤통수가 따갑다 싶었다.

"봤지? 내가 한 정도로는 안 끝났을걸?"

"이 새끼가 그래도!"

"아니, 근데 뭘 잘했다고 자꾸 새끼 새끼거려!"

"칵!"

남자의 각진 식스팩 위로 무릎을 꽂았다.

침을 토해 내며 구부러지는 허리.

"입이 왜 이렇게 험한 거야?"

"크윽……. 큰 실수 하는 거다."

"이 정도로 뭘. 더한 것도 하려는……."

"거기까지 해 주세요."

놈의 머리통을 깨부수려고 주먹을 들자 스네이크가 말렸다.

팔을 내렸다.

다른 세상 • 99

뒤로 두어 걸음 물러나자 스네이크가 내 옆을 지나 남자의 앞에 섰다.

남자는 씩씩거리며 그녀를 올려다봤다.

스네이크는 한숨을 푹 내쉬며 내 쪽으로 고개를 돌렸다.

"잠깐… 둘이서 얘기할게요."

"…그래."

남자가 스네이크에게 무슨 짓을 할 수 있는 것도 아니고, 따로 할 얘기가 있는 것 같으니 자리를 비켜 주었다.

뒤에서 날 씹어 대는 소리가 들렸지만 스네이크가 무어라 말하자 입을 꾹 다물었다.

'구경꾼 많네.'

싸움(이라 쓰고 일방적인 구타라 읽는다)이 일어난 지 몇 분밖에 안 됐는데 사람이 바글바글하다.

그들은 나를 보며 구시렁거렸다.

대부분 '알딘이다, 알딘.', '알딘이 지금 사람 팬 거야?', '근데 저 여자 스네이크 같은데?', '진짜다.' 등의 얘기였다.

아포트리아 땐 단 한 명도 알아보는 사람이 없었는데.

'여긴 레벨대가 좀 높다고 다 알아보네. 민망하게.'

보아하니 커뮤니티에 대문짝만한 기사가 뜰 각이 섰다.

이런 일로 괜히 얼굴 팔리기 싫은데.

나는 혀를 차며 카페 안으로 들어갔다.

카페 주인은 카운터 안쪽에 구부리고 앉아 돈주머니를

확인하고 있었다.

골드를 셀 때마다 표정이 점점 밝아진다.

두둑하게 챙겨 줬으니 뒷말은 절대 안 나올 것이다.

사람들의 시선이 몰려 있든 말든 다리를 꼬고 스네이크와 남자를 보았다.

"괜히 껴들었나."

두 사람이 무슨 대화를 나누는지는 관심 없었다.

다만 너무 흥분해 버렸다.

좋게 대화로 풀 수 있었고, 대화가 안 통하더라도 상황을 억지로 끝낼 수 있었다.

나에게는 그럴 만한 능력이 있었다.

하지만 스네이크가 멱살을 잡힌 모습을 보니 이성을 유지할 수 없었다.

'죽이지 않은 게 어디야.'

게임이라지만 그를 죽였다면 일이 좀 커졌을 것이다.

딱 봐도 저 근육몬은 있는 집 자식 수준이 아니다.

스네이크와 약혼 얘기가 오갈 정도라면 그 나라에서 어깨에 힘을 빡 주고 다닐 위치일 터.

문제는 성격이 개차반이란 거지만.

'잘하면 꽤 귀찮아지겠어.'

돈은 곧 힘이다.

이건 홀리 가디언에서도 절대적으로 통용되는 말이었다.

전생에도 갑부라 해도 좋을 자들과 여러 번 대립해 보았다.

그때마다 그들은 자금을 이용해 나 혹은 내 길드를 압박했다.

당시에는 내 뒤를 봐주는 스폰서들이 많아 그 이상은 못했지만, 지금 내겐 아무것도 없다.

'스폰서를 구하려면 구할 수 있어.'

내 이름값이면 굴지의 대기업도 스폰하려 들 것이다.

지금 시기의 홀리 가디언은 블루 오션 중에서도 단연 독보적이었으니까.

하지만 스폰서가 붙는다는 건 게임에 제약이 생긴다는 걸 의미한다.

생각해 보면 전생에 게임을 일로 생각하게 된 계기도 스폰서를 받으면서부터였다.

그때부터 모험을 하지 않게 되고, 이익을 취할 수 있는 것에만 손을 댔다.

'대화가 잘 풀리기나 기도해야지.'

남자가 무서운 건 아니다.

결국 싸워야 한다면 이길 자신이 있었다.

전생의 경험은 허투루 존재하는 게 아니다. 당시에 나는 아주 많은 걸 배웠다.

다만 귀찮은 걸 최대한 피하고 싶을 뿐이었다.

그때 대화를 끝낸 스네이크가 몸을 돌렸다.

남자의 시선이 나를 한 번 향하고, 큰길 쪽으로 걸음을 옮겼다.

"대화는 끝났어?"

"일단은요."

스네이크는 한숨을 푹 내쉬었다. 그러곤 나를 쏘아봤다.

"다짜고짜 그렇게 해 버리면 어떻게 해요?"

그녀는 진심으로 화가 났는지 쌍심지를 내리지 않고 호통쳤다.

"미안……. 흥분했어."

"하아……. 일이 좀 귀찮아질 것 같아요."

"역시 그러려나."

"저 남자, 오르메스의 차남이에요. 알죠? 오르메스."

"명품 브랜드잖아. 그것도 꽤 오래된."

오르메스를 애용하진 않았지만 그곳의 벨트를 하나 선물받은 적이 있었다.

그만한 집안의 자제면 안하무인으로 자라기도 쉽지 않을 텐데.

특히 유럽의 기업이면 노블레스 오블리주부터 배운다고 들었다.

한국에서도 재벌 3세들이 워낙 사고를 치고 다니는 탓에 예절 교육을 매우 엄하게 시킨다던데.

"그건 또 아닌가 봐."

다른 세상 • 103

"갑자기 무슨 소리예요."

"아, 아니야. 그냥 혼잣말."

"영화에서나 나올 법한 보복은 없을 테니까 걱정하지 말아요."

"나를 뭐로 보고······."

"서민?"

"요게!"

내가 꿀밤을 때리려 하자 스네이크가 진짜 뱀처럼 뒤로 스스슥 물러났다.

얄미운 게 빠르기만 해 가지고.

나는 테이블에 턱을 괴고 물어보았다.

"그래서 무슨 대화를 나눈 거야?"

"일 크게 만들지 말자고요. 피차 기업의 얼굴마담을 하고 있는데, 똥 싸면 서로가 곤란해지잖아요."

"표현하고는."

"어머! 직설적인 여자는 별로예요?"

"이 상황에 농담이 나오냐?"

"하하! 상황이 이런 만큼 유쾌하게 해야죠. 유쾌하게 웃으면서."

스네이크가 양쪽 입꼬리를 들어 올리며 웃는 얼굴을 만들었다.

"에휴······. 넌 어쩔 거야?"

"모르겠어요. 그 남자가 말하기를, '당신은 큰 실수를 한 거요! 저 자식이 누군지 모르겠지만 들어 보니 애인인 것 같은데, 저 비렁뱅이가 내 앞에 무릎 꿇는 모습을 꼭 보여 주도록 하지!'라면서 갔어요."

스네이크는 남자가 빙의된 듯 열연을 했다.

성별이 다르니 목소리는 달랐지만 말투나 제스처가 비슷해 진짜로 기분이 나빴다.

그런데 내 무릎을 꿇리겠다고?

"용기가 가상한데."

"솔직히 뭘 하기는 힘들 거예요. 사람이 몰린 것만 봐도 이 문제는 분명 이슈가 될 테고, 그 남자 쪽 집안에선 제스처를 취하기 어렵겠죠. 저한테 먼저 손찌검을 하려고 했으니까."

"하지만 그 녀석이 따로 움직이는 건 가능하다, 이 말이잖아."

"그렇죠……. 차남이라고 해도 사업의 일부분을 물려받는 중이에요. 돈을 굴려 게임상에서 알딘 씨를 압박하려 들겠죠. 지금쯤이면 당신이 어떤 사람인지 다 파악했을 테니까."

"그럼 그것도 쉽지 않다는 걸 잘 알 텐데."

"이런 말 하기 뭐하지만… 그 남자는 좀 돌연변이예요. 오르메스의 사람들은 대부분 절제할 줄 알고, 가식이라도 자신을 낮출 줄 알아요. 근데 그 사람만 유독 망나니처럼 굴죠. 그리고 돈의 힘이라면 뭐든 된다고 믿는 부류기도 하고."

현실에서만 지랄하지 않으면 됐다.

그에 확신을 주듯 스네이크가 힘주어 말했다.

"그리고 현실에서 뭔가를 하려고 하면 저도 가만히 있진 않을 거고요."

"든든하네, 참."

"반했어요?"

"너랑 무슨 말을 하겠니."

그만 자리에서 일어났다.

싸움이 끝나니 사람도 어느 정도 흩어졌고, 지켜보는 사람들도 슬슬 자리를 뜰 준비를 하고 있었다.

"가시게요?"

"여기 있어서 뭐 하냐? 당장 뭐가 해결되는 것도 아니잖아."

"…고마워요."

"뜬금없이 뭔 소리야?"

"저 때문에 그 남자를 때려 준 거잖아요. 그게 너무 고마워요. 그리고 일이 이렇게 됐으니 약혼도 파토 나지 않겠어요?"

예전에 고백할 때도 그렇고, 이 녀석은 뜬금없이 이런 말을 잘한다.

나는 괜히 머쓱해 이마를 문질렀다.

착잡한 눈으로 스네이크를 보았다.

희미하게 웃고 있는 그녀를 보고 있자니 일이 다 끝나고 어떻게 마무리를 지어야 좋을지 모르겠다.

처음엔 깔끔하게 선을 긋자 생각했었는데.

'나 진짜 쓰레기네.'

내가 무슨 판타지 소설의 주인공처럼 하렘을 꾸릴 수 있는 것도 아닌데.

아니, 그런 건 애당초 나랑 맞지 않았다.

"힘내라."

그녀의 어깨를 토닥토닥 두드려 주고 카페를 나왔다.

"이자, 진짜 미쳤군."

히페리온은 현재 커뮤니티 대문짝에 걸린 알딘과 관련된 기사를 읽고 있었다.

기사의 전문을 짧게 요약하자면 이러했다.

〈알딘이 세계적인 명품 브랜드 '오르메스'의 주인이자 패션계의 대부 제미니 두마의 차남 알버트 두마를 폭행했다.〉

"이런 자를 때려눕히다니. 때릴 만하긴 했지만."

기사의 아래쪽엔 알버트 두마가 먼저 스네이크에게 손찌검을 하려 했다고 나와 있었다.

그녀 역시 성송이라는 걸출한 패션 브랜드를 이끌어 갈 차세대 리더였다.

거기다 프랑스에서 요즘 가장 핫한 스타였다.

댓글창은 알버트 두마에 대한 욕이 빗발치고 있었다.

해외 커뮤니티에서도 비슷한 댓글들이 이어지고 있을 것이다.

"이러면 먼저 손을 쓰긴 힘들겠군. 하여튼 트러블을 몰고 다니는 사내란 말이지, 알딘."

히페리온은 피식 웃으며 다음 기사로 넘기려고 했다.

그 순간 머릿속에 한 줄기 섬광이 떨어지듯 좋은 아이디어가 떠올랐다.

그는 벌떡 일어나 밖으로 나가며 누군가에게 통신을 걸었다.

(부탁하실 거라도 있습니까?)

"알버트 두마. 연락처를 알아내."

(오르메스의 차남 말씀이십니까?)

"그래. 당장."

(일단 알겠습니다. 시간이 꽤 걸릴 수도 있으니 기다려주시길.)

통신이 끊겼다.

호조에게 부린 배짱과 달리 알딘을 상대할 생각에 조금 움츠러들었던 히페리온이었다.

'적의 적은 아군이지.'

혼자가 힘들면 힘을 합치면 된다.

알버트 두마는 그만한 힘을 가지고 있었다.

잘되기만 한다면.

'둠스데이를 내가 장악할 수 있다.'

알버트 두마의 뒷배는 생각보다 엄청나다.

'둠스데이'의 뒷배가 뭔지는 모르겠지만 오르메스라면 어느 정도 영향력을 펼칠 수 있을 터.

성기사의 눈에 짙은 탐욕이 흘렀다.

그때 복도에서 누군가와 마주쳤다.

아름답지만 꽤나 차가울 것 같은 인상의 미녀였다.

히페리온은 그녀에게 정중히 인사했다.

"금방 돌아오셨군요? 시로네 님."

"네. 지금 막 임무를 끝내고 돌아왔습니다."

시로네가 그를 보며 고개를 가볍게 숙였다.

제51장

수준

광전사가 죽지 않아!

시로네는 지친 몸을 이끌고 막 교단에 돌아왔다.

대주교가 내린 퀘스트는 거의 한 달 동안 진행된 만큼 육체적으로나 정신적으로나 피곤했다.

교단에 돌아왔으니 당분간은 푹 쉴 수 있을 것이다.

신선한 포도도 따 먹고, 침대에 드러누워 평화로운 일상을 누려야지.

'어서 대주교님에게 보고하자.'

그녀는 가벼운 발걸음으로 대주교의 집무실로 향했다.

그러다 좁은 복도에서 별로 좋아하지 않는 남자와 마주치고 말았다.

그랑데 교단 소속 성기사 플레이어.

히페리온이었다.

"금방 돌아오셨군요? 시로네 님."

그는 끈적한 목소리로 시로네의 이름을 불렀다.

전신에 소름이 쫙 끼쳤지만 그녀도 베테랑 플레이어. 싫은 내색을 참지 못할 정도로 어리숙하지 않았다.

시로네는 희미하게 웃어 보이며 대답했다.

"네. 지금 막 임무를 끝내고 돌아왔습니다."

"고생이 많으십니다."

히페리온이 마주 웃으며 노고를 치사했다.

시로네는 자리를 빨리 뜨고 싶어 대충 맞장구쳐 주며 동시에 걸음을 옮겼다.

"감사합니다. 대주교님이 기다리시니 먼저 가 보겠습니다."

"아, 대주교님께선 외출하셨습니다. 저녁 중에나 돌아오십니다."

'에엑!'

표정엔 드러내지 않았지만 시로네는 좌절하고 말았다. 대주교가 자리를 비웠다니.

교단 내에서 그녀를 상대해 줄 수 있는 직책의 사제는 대주교 말고는 없었다.

히든 클래스 '신성 기사'의 특별함 때문이었다.

일반 성기사와 다른 그녀의 클래스는 언젠가 다가올 성전(聖戰)을 위해 존재한다는 설정이다.

그렇다 보니 주교급도 그녀를 함부로 대할 수 없었다. 임무에 관한 것이라면 더욱이.

그 말인즉, 지금 이 자리를 피할 수 있는 명분이 없다는 뜻이다.

"아하……. 그렇군요."

"하하하! 오랜만에 뵀는데 앉아서 얘기나 좀 하실까요? 저도 다행히 시간이 좀 남는군요."

'싫어!'

"그, 그럴까요?"

차마 대놓고 거절은 못해 어색하게 웃는다.

눈치 없는 히페리온이 그녀를 끌고 교단 내 휴게실로 향하려 할 때였다.

띠리리-

히페리온에게서 통신음이 울렸다.

"아, 잠시."

그러곤 통신을 받으며 조용한 곳으로 사라진다.

시로네는 그가 시야 밖으로 사라진 걸 확인하고 한숨을 푹 내쉬었다.

그가 자신에게 관심이 있다는 건 전부터 알고 있었다.

그 관심이라는 게 순수한 사랑이 아니라는 것이 그녀에게 불쾌감을 선사했다.

'그렇다고 같은 교단 소속인데 모질게 할 수도 없고.'

그보다 길드 관리 때문에 한동안 교단에 얼굴을 보인 적도 없었으면서, 갑자기 무슨 바람이 불었단 말인가?

시로네는 찝찝한 얼굴로 벤치에 앉았다.

주변에 사제들이 돌아다니는 모습이 보였다. 눈을 마주칠 때마다 살포시 고개를 숙여 인사해 준다.

그녀도 마주 인사해 주었다.

그때 통신을 끝낸 히페리온이 다가왔다.

"아, 죄송합니다. 급한 연락이 와서요."

"네에."

'그대로 사라져도 되는데.'

"그것참, 제가 먼저 대화나 하자고 했는데……. 급한 일이 생겼습니다."

"오!"

'아, 어쩔 수 없군요.'

"네?"

아차!

시로네는 생각과 하려던 말이 바뀐 걸 깨닫고 움찔했다.

다행인 건 그녀에게 나름의 재치가 생겼다는 것?

"역시 바쁘게 사시는군요."

"아아, 열심히 살아야죠. 하하!"

"그렇죠. 열심히 살아야죠."

"아무튼 죄송합니다. 다음에 식사 한번 대접하겠습니다."

"그, 그래요."

"그럼."

히페리온은 정중하게 고개를 숙이고 교단 밖으로 사라졌다.

시로네는 안도의 한숨을 내쉬었다.

"진짜 다행이다~"

가뜩이나 불편한 남자와 대화할 생각에 신물이 올라왔는데, 매일 이렇게 바쁜 사람이었으면 좋겠다.

평생 안 보게.

그녀는 벤치에 등을 기댄 채 고개를 뒤로 젖혔다.

"그 사람도 이런 기분이었을까?"

반년 전, 그녀가 일방적으로 고백했던 사내의 얼굴이 떠올랐다.

그는 요즘 뭐 하고 지낼까?

랭킹 포식자라는 이명이 생겼다는 건 알고 있었다. 그만큼 사냥 속도가 타의 추종을 불허할 정도였으니까.

옆에서 직접 봤던 그녀였으니 누구보다 잘 알고 있었다.

"그렇게 하지 말걸."

반년 정도 흐르면 감정이 무뎌질 만하건만.

아, 많이 가라앉기는 했다.

초반에 비해 알딘을 떠올리는 비중이 많이 줄어들었다. 그래도 하루에 대여섯 번은 떠오르는 것 같았다.

우연이라도 좋으니 한번 봤으면 좋겠다.

시로네는 눈을 감았다.

반년, 그녀는 어쩔 수 없이 마주치는 게 아니라면 다른 유저들과 일절 교류를 하지 않았다.

어쩌면 알딘의 전생처럼 그녀의 인생이 제자리를 되찾은 것일지도 모른다.

이대로라면 아마 영원히 유저들과 함께하는 일이 없을 것이다.

시로네도 그렇게 생각했다.

나는 사냥을 끝내고 자리에 앉아 전리품을 확인하고 있었다.

"값나가는 것들이 제법 나왔네."

레어 등급의 너클 하나와 각종 몬스터들의 가죽, 뼈 등 거래소에 내놓으면 금방 팔릴 것들이었다.

알버트 두마를 때려눕히고 일주일이 지났다.

간간이 스네이크에게 분위기가 어떤지에 대해 연락을 받았다.

다행히 오르메스는 자신들의 치부라 생각하고 문제 삼지 않기로 했다.

게임상에서 벌어진 문제라는 게 크게 한몫했다.

'문제는 역시 알버트, 그 사람이에요.'

스네이크가 자체적으로 조사한 바에 따르면, 알버트 두마가 어떤 길드와 접촉했다.
어떤 길드인지 확인하지는 못했지만 그가 접촉한 만큼 예사롭지 않은 곳일 것이다.
당연한 말이지만 나는 걱정하지 않았다.
스네이크에게 경각심 좀 가지라고 한 소리 들었지만 허세 같은 게 아니었다.
'둠스데이 전원이 움직이는 게 아니라면.'
지금의 나를 막을 수 있는 곳은 없다.
차라리 제로스를 고용해서 보내는 게 나을 것이다.
그 편이 더 소름 끼치고 오싹오싹할 테니까.
"그래도 준비는 해야겠지."
나름 알버트 두마에 대해 조사를 했다. 그는 다혈질에, 의외로 행동력이 있었다.
근시일 내에 뭔가를 이끌고 나를 죽이러 올 것이다.
길드 하나와 접촉했다고 하니 그 수만 최소 수십에 달할 터.
'좁고 복잡한 곳이면 충분하겠군.'
그런 곳이라면 지천에 널려 있다.

아무 던전에나 들어가면 그곳이 곧 미로이고, 그들의 사지가 될 것이다.

하지만 그건 내게도 리스크가 있었다. 리스크를 아예 없애야 한다.

그들이 궁지에 몰린 쥐새끼들처럼 겁에 벌벌 떨도록 만들 생각이었다.

'적당한 곳이 있지.'

지금 내가 있는 곳에서 멀지 않은 곳에 주인 없는 던전이 하나 있다.

전생에 집처럼 드나들었던 곳으로 눈 감고도 돌아다닐 수 있을 정도였다.

알버트 두마는 날 어쩌지 못한다.

그러기엔 회귀자의 이점이란 자체 패시브가 너무나도 뛰어나기 때문이었다.

"ㅎㅎㅎ!"

오랜만에 길드 사냥꾼으로 돌아간다.

후회하게 될 것이다.

상대를 잘못 골랐다면서 주먹으로 땅을 치고 후회하게 되리라.

"재밌는 스폰서를 구했다고 들었다."

"예. 저희의 목적과 부합하는 자이기도 하죠."

"프랑스 유명 패션 기업의 망나니 차남이라……. 그것참 흥미롭군."

호조가 자신만만하게 웃고 있는 히페리온을 비꼬았다. 그러나 히페리온은 그저 웃을 뿐이었다.

호조는 낮게 혀를 차며 다시 보고서로 시선을 돌렸다.

"절대 '둠스데이'의 이름을 팔지 마라."

"그를 죽이는 데 성공한다면요?"

"그래도 팔지 마라. 그리고……."

"하실 말씀이라도?"

"아니다. 그만 나가 봐."

히페리온이 조소를 머금고 밖으로 나갔다.

호조는 그가 나간 자리를 쳐다보았다. 그는 지금쯤 자신에게 한 방 먹였다 생각하고 있을 것이다.

알버트 두마 정도 되는 스폰서라면 그런 생각을 가질 만했다.

그러나 호조 앞에서는 어린아이가 칭찬해 달라고 재롱 떠는 수준밖에 안 되었다.

"구해 온 스폰서라는 게 그런 쓰레기라니."

알버트 두마의 아버지인 제미니 두마라면 또 모를까.

그런 망나니는 '둠스데이'의 앞길에 도움조차 되지 못한

수준 • 121

다. 그의 성정 같은 게 문제가 아니었다.

순수한 재력.

물려받은 것이나 앞으로 물려받을 것들을 생각하면 무시할 수 없다.

하나 '둠스데이'를 계획한 조직에 비하면 하룻강아지조차 못 되었다.

윗분들이 안다면 스폰서로 취급조차 안 해 줄 터.

성격 파탄자라면 그걸 빌미로 오르메스를 압박할지도 모른다. 그런 괴물들이 득실거리는 곳이 바로 조직이었다.

"알딘을 정말 쓰러트린다면 생각이 달라지겠지만…….
넌 어떻게 생각하지?"

"그걸 왜 나한테 묻지?"

어둠 속에서 한 남자가 걸어 나왔다.

등 뒤에 무시무시한 대검을 달고, 붉은 화염을 토해 낼 것만 같은 육중한 갑옷을 걸친 그는 호조의 맞은편에 앉았다.

호조는 그를 보며 히페리온에게 보인 적 없는 미소를 지어 보였다.

"네가 가장 정확하니까, 제로스."

남자의 정체는 홀리 가디언의 현 랭킹 1위이자 굳건한 왕좌라는 별명으로 불리는 제로스였다.

제로스는 대검을 테이블에 기대어 놓고 찻잔을 쥐었다.

"의미 없는 질문이다, 호조."

"그 말뜻은?"

"히페리온이라고 했던가?"

"맞아. '궁니르'의 주인, 성기사 히페리온."

제로스는 그 말을 들으며 찻잔을 들여다보았다.

호조는 현존 최강이 과연 무슨 말을 할지 벌써부터 기대되었다. 그 대답이 예상하던 것이든 예상하지 못하던 것이든 상관없었다.

떨리는 눈으로 제로스를 보고 있을 때, 그의 입꼬리가 갈고리처럼 휘었다.

"대체할 수 있는 길드를 하나 찾아라. '궁니르'가 곧 퇴장할 테니까."

"크하하하!"

'둠스데이'를 맡은 직후부터 시원하게 웃어 본 적이 없는 호조였다.

그는 정말 오랜만에 폭소를 터트렸다.

"크흐흐! 정말 오랜만에 웃었어. 역시 제로스란 말이지."

"시답잖군."

"그럼 하나 더 질문해 봐도 될까?"

"거절해도 할 거잖나."

"넌 역시 날 너무 잘 알아."

제로스는 코웃음 치며 차를 들이켰다.

호조는 웃음을 멈추었다.

수준 • 123

그리고 잠깐 뜸을 들인 후 진지한 목소리로 질문을 던졌다.
"지금의 너와 알딘이 싸운다면……."
아주 잠깐 침묵이 맴돌고,
"누가 이길 것 같나?"
호조가 말을 끝맺었다.
찻잔을 내려놓던 제로스의 손이 허공에서 멈췄다.
시뻘건 불길이 일어나며 불타오르는 안광이 호조를 향한다.
호조는 전신의 털이 뻣뻣하게 서는 걸 느꼈다.
과연 현존 최강이 내뿜는 패기는 차원이 다르다.
숱한 강자들을 마주해 왔지만 역시 제로스는 비교를 불허하는 절대 무적의 강자였다.
"이딴 애들 장난이나 하려고 날 부른 건가?"
목소리엔 분노가 들어차 있었다.
호조는 실수했다 생각했지만 그만두지 않고 제로스를 살살 긁었다.
"그러지 말고. 어때? 지금의 알딘과 너, 진지하게 붙으면 과연 누가 이길까?"
"호조!"
"대답하지 못하겠나?"
땀범벅이 되었지만 이젠 돌이킬 수 없다.

제로스와 홀리 가디언 초기부터 함께 지내 온 사이지만 그게 자신의 목을 지켜 줄 이유는 되지 못했다.

 현존 최강이란 힘으로 모든 걸 주무를 수 있는 자격이 있다는 것.

"적당히."

 제로스가 벌떡 일어났다.

 두꺼운 대검의 손잡이를 용의 발톱 같은 건틀릿이 휘감는다.

 대검이 허공을 가르며 호조를 향해 움직였다.

 호조는 아랫입술을 피가 나도록 깨물었다.

 목이 베인다. 저 대검으로 거칠 것 없이 나를 가를 것이다.

'죽는다.'

 그 순간…

 제로스의 분노가 씻은 듯이 사라졌다.

 호조는 처음엔 그의 변화를 눈치채지 못했다. 그저 공기가 조금 편해졌다고 생각했다.

 그러나 살기가 지워졌다는 걸 깨닫고는 눈을 크게 떴다.

 제로스는 내검을 그대로 짊어지고 구석에 열려 있는 포탈로 걸어갔다.

"그, 그냥 갈 생각이야?"

"시간 낭비다."

"그, 그렇군."

수준 • 125

대답을 듣고 싶었지만 이젠 멈출 타이밍이다.

지금 보내면 한동안 못 보겠지만 그건 자신이 자초한 것.

할 일도 많은데 목숨을 부지한 것만으로 다행이었다.

제로스가 포탈 안으로 다리 한쪽을 집어넣었다.

그리고 몸이 반쯤 들어갔을 때, 나지막한 목소리가 호조의 귓가를 파고들었다.

"다음부턴 시답잖은 질문 하지 마라. 최강은 당연히 나니까."

몸이 완전히 넘어가고, 포탈이 닫혔다.

호조는 멍하니 그곳을 보고 있다 광소를 터트렸다.

"크하하하하! 그래! 그래야 내가 아는 제로스지!"

그의 웃음은 그로부터 10분 정도 더 지속되었다.

✥ ✥ ✥

나는 던전 내부를 둘러보고 있었다.

던전의 이름은 '칼로소가 머문 곳'으로, 칼로소란 마마야루 대륙의 10주신 중 하나였다.

그런 마마야루 대륙의 절대신 중 하나가 아틀란티스에 있는 이곳에 머물렀다는 건 엄청난 떡밥이다.

전생에 이곳이 처음 공개됐을 때 유저들은 몇 날 며칠을 떡밥 분석에 매달렸다.

물론 이 떡밥은 몇 년은 더 흘러야 풀리는 것이었기에 다

헛고생이었다.

"진짜 오랜만이네."

나는 옛날 기억을 되새기며 던전을 배회했다.

한때 이곳을 진짜 많이 들락날락했다.

'칼로소가 머문 곳'은 몬스터가 나오긴 하지만 보스 몬스터는 존재하지 않는다.

주인이 없는 던전이란 표현은 그런 뜻으로 사용한 것이다.

그렇다면 왜 이곳을 자주 찾았느냐면.

"오! 시작부터 발견!"

이곳에서만 발견되는 광물이 하나 있기 때문이었다.

인벤토리에서 곡괭이를 꺼내 구석진 곳으로 향했다.

그곳에 보라색 광물의 원석이 불규칙하게 자라 있었다.

"지금은 이걸 캘 때가 아니지만."

보이는 건 그래도 챙겨야 하지 않겠나?

곡괭이를 열심히 휘둘렀다.

캉- 캉- 캉-!

원석의 뿌리는 꽤 깊게 박혀 있어 파내는 데까지 시간이 걸렸다.

"후!"

드디어 다 파냈다!

크기가 농구공보다 조금 더 컸다.

[파트리지움]

종류:광물

등급:레어

특징:'칼로소가 머문 곳'에서만 자라는 특수 광물이다. 미약한 신력을 머금고 있는 것으로 보아 10주신 '칼로소'의 영향을 받은 것으로 추측된다. 이 광물을 잘만 재련한다며 괜찮은 장비를 제작할 수 있을 것이다.

"예전에 이걸 팔아서 기초 자금을 마련했었는데."

지금이야 회귀자의 이점을 살려 많은 걸 선점한 탓에 돈이야 엄청나게 벌었다지만, 전생엔 하루 벌어 하루 먹는 수준으로 살았다.

그때 발견한 곳이 이곳이었다.

'상욱이 자식이랑 여기서 매일 노가다 했었지.'

파트리지움 1킬로그램에 10골드.

한화로 만 원 돈.

정말 미친 듯이 곡괭이질을 했었다. 그때 '곡괭이의 극의로 향하는 자'라는 칭호도 얻었다.

평탄했던 것만은 아니었다.

파트리지움이 희소성 있는 광물은 아니지만, 나름 짭짤한 수익이 벌리는 탓에 경쟁자가 참 많았다.

상욱이와 둘이서 그들과 싸울 때면 정말 힘들었다.

많은 추억이 담겨 있는 곳.

그때 함께했던 놈을 작년에 이 손으로 보내 버렸다.

"잊자."

고개를 저으며 파트리지옴을 챙기고 던전을 구석구석 살폈다. 전생에야 눈 감고도 다닐 수 있었지, 지금은 길이 조금 헷갈렸다.

몇 년이나 지났으니 당연한 현상이었다.

"정말 딱 좋군."

던전을 모두 둘러본 후 감상을 내뱉었다.

좁고, 미로 같은 길과 총 다섯 개의 넓은 공터.

이곳에서 알버트 두마와 놈이 데리고 올 길드를 상대할 것이다.

"공간은 마련됐고."

다음은 함정이다.

나는 오랜만에 즐거움을 느끼며 메제스에게 연락했다.

⁂ ⁂ ⁂

시로네는 여유롭게 신전 내 있는 테라스에서 휴식을 취하고 있었다.

진하게 탄 에스프레소와 신전 도서관에 구비된 10주신 관련 신화집을 손에 쥐고 풍경을 만끽한다.

"역시 퀘스트 안 할 때가 최고야."

대주교는 한 달간 퀘스트를 진행한 그녀에게 고생했다면서 한동안 휴가를 주었다.

다른 유저들처럼 굳이 사냥할 필요도 없어 하루하루가 천국이었다.

비록 에스프레소는 썼지만, 분위기는 나지 않은가.

'그래도 다음부턴 그냥 오렌지 주스 마시자.'

못 마시겠다, 이건.

시로네는 그리 다짐하고 신화집을 한 장씩 넘겼다.

말이 신화집이지 홀리 가디언의 설정집이었다. 그래도 개발자들이 신경 써서 만들었는지 제법 읽을 맛이 났다.

그렇게 두어 시간 정도를 내리읽었을까.

"끄으으으응!"

허리가 뻐근하다.

시로네는 뒷목을 문지르며 자리에서 일어났다.

오늘은 여기까지 하고 현실에서 치킨이나 먹자.

그렇게 마음먹은 그녀는 일단 자신의 방으로 향했다.

그때 복도와 연결된 통로 사이로 익숙한 얼굴이 지나갔다.

"저 남자는 또 왜 왔어?"

히페리온이었다.

그는 상당히 다급하게 어딘가로 향하고 있었다.

보통은 두어 달에 한 번 보유한 성유물(聖物)에 신성력을 충전하러 오는데, 며칠 전에 이미 왔다 갔었다.

신성 기사와 달리 그냥 성기사는 교단에 얽매이는 클래스가 아니다.

간혹 신전을 제집처럼 드나드는 유저들이 있었지만, 적어도 히페리온은 아니었다.

여자의 직감이랄까?

묘한 느낌이 들었다.

시로네는 그의 뒤를 따라갔다.

히페리온은 빠른 걸음으로 움직이며 누구와 통화를 하는 것 같았는데, 커다란 문 앞에서 노크를 했다.

'저 방은 성유물 대여관이잖아.'

사제 클래스에게만 허락된 성물 대여 서비스.

플레이어마다 대여 받을 수 있는 성물의 등급이 존재하는데, 교단 공적치에 따라 등급이 달라졌다.

공적치를 쌓는 법은 간단했다.

교단의 부탁을 얼마나 많이 들어주었냐와 얼마나 많은 후원을 했냐.

그녀가 알기로 히페리온은 후자였고, 엄청난 액수를 교단에 꼬박꼬박 기부한다고 들었다.

그렇게 대여한 것이 성물이자 성검(聖劍) 젠가.

'또 하나를 대여 받을 수 있을 정도로 공적치가 높나?'

히페리온이라면 충분히 가능하다.

그가 이끄는 길드가 꽤 유명하다 알고 있는데, 성물을 하나 더 대여하려는 걸 보면 레이드를 준비하는 모양이었다.

그녀가 벽 뒤에서 고개를 빼꼼 내밀어 히페리온의 동태를 살폈다.

그는 심각한 얼굴로 재차 노크를 했다. 동시에 고개를 좌우로 돌려 본다.

"히익!"

시로네는 재빨리 벽 뒤로 몸을 숨겼다.

운 좋게 반대 방향부터 확인해서 망정이지, 아니었다면 눈이 마주쳤을 것이다.

끼익-

그때 문 열리는 소리가 들렸다.

히페리온이 그 안으로 들어갔고, 시로네는 조용히 문으로 다가가 귀를 대었다.

"무슨 일로 오셨습니까?"

"성물을 하나 더 대여하려고 왔습니다."

"허허, 무엇을 하시려고요? 이미 성검 젠가를 대여해 가신 것으로 아는데."

"사악한 마수가 그랑데께서 보살피는 이 땅을 어지럽히려해 토벌하려 합니다. 그런데 마수의 힘이 강력해 성물의 힘이 추가적으로 필요합니다."

"허! 그렇게 깊은 뜻이. 형제께선 공적치가 충분하시니

B급의 유물 한 정을 대여해 가실 수 있습니다."

B급?

시로네는 하마터면 소리를 지를 뻔했다.

대체 공적치가 얼마나 많기에 B급 성물을 대여할 수 있단 말인가?

B급이면 언뜻 애매한 등급처럼 여겨지겠지만, 그 정도 되는 성물이면 30명 이상에게 상급 축복을 걸 수 있는 수준이다.

"무엇으로 대여 받으시겠습니까?"

"꽃처녀의 피가 묻은 글래스로 하겠습니다."

처음 들어 보는 성물이다.

나중에 찾아보도록 하자.

안에서 달그락거리는 소리가 들려왔다.

성물을 꺼내는 소리였다.

그리고 물건을 주고받는 음성이 들렸다. 시로네는 호다닥 왼쪽으로 꺾이는 복도 벽 뒤에 숨었다.

문이 열리면서 히페리온이 나왔다.

"부디 마수를 처치하는 데 성물이 도움 되길 바라겠습니다."

"감사합니다. 그럼 수고하시길."

문이 닫혔고, 히페리온이 반대편 복도로 걸어갔다.

동시에 누군가에게 통신을 걸었다.

더 이상 관심이 없었기에 시로네는 그만 자신의 방으로

돌아가려고 했다.

"네. 저희가 조사한 바로 알딘은 그곳에 있습니다. 걱정 마시길. 방금 성물 하나를 더 대여 받았으니, 인간인 이상 그 효과는 절대적입니다. 반드시 제거할 수 있을 겁니다."

우뚝-

시로네의 발걸음이 멈췄다.

그녀는 곧장 히페리온이 사라진 방향으로 몸을 움직였으나,

"사라졌어."

그의 모습은 귀신에 홀린 것처럼 사라지고 없었다.

시로네는 멍하니 그곳을 바라보다가 다급히 친구창을 열었다.

그러곤 누군가의 이름을 찾았다. 그러나 찾는 이름이 발견되는 일은 없었다.

"…삭제했지, 참."

그나저나 알딘이라니.

히페리온은 왜 알딘을 제거하려고 하는 걸까?

이유는 알지 못했지만, 불길함이 강하게 일었다.

지금 사실을 알려 주지 않는다면 알딘은 분명 크게 당할 것이다.

이번에도 역시 직감이었다.

다행히 친구창엔 아직 유지되고 있는 유저가 하나 있었다. 이 사람과도 꽤나 어색하긴 했지만 지금은 방법이 없다.

시로네는 친구창에 유일하게 남아 있는 '가이덴'에게 통신을 걸었다.

✠ ✠ ✠

"진짜 안 도와줘도 되겠나?"
"이것만 있으면 충분하다니까. 너한테까지 손 벌리고 싶진 않았는데, 물량이 나 혼자 구하기엔 너무 많아 가지고."
"이 정도는 별것도 아니지. 더는 같은 길드가 아니지만, 너라면 더 많은 도움도 줄 수 있다."
메제스가 호쾌하게 웃으며 말했다.
나는 고개를 저었다. 그에게는 이 정도 호의만으로 무척 감사했다.
"진짜 벅찬 일이 생기면 그때 도와달라고 할게."
"흠… 그렇게 말한다면야. 나와 '울트론'은 네게 진 빚을 잊지 않아. 반드시 기억하고 있으라고."
"오냐. 난 그만 간다."
"흐흐! 나중엔 술이나 한잔하자고."
"조오치~"
그 말을 끝으로 '울트론'의 길드 본부를 나왔다.
'울트론'은 마그마 드레이크 공략 이후로 엄청난 성장을 이룩했다.

과거의 영광을 되찾은 것은 물론이고, 얼마 전에 국내 길드 랭킹 1위를 달성했다.

1위에서 내려오지 않던 '군단'을 뛰어넘은 것이다.

메제스는 공식석상에 나설 때마다 그 이유가 바로 나 때문이라고 했다.

'부담스러워 죽을 것 같단 말이지.'

그만큼 나를 신경 써 준다는 점에서 뿌듯한 감도 많았지만.

일단 메제스에게 부탁한 걸 다 받았으니, 설치하기만 하면 만반의 준비가 끝나는 셈이다.

준비가 다 끝나면 길드 하나가 아니라 두 개가 와도 충분하다.

나는 기분 좋게 '칼로소가 머문 곳' 인근에 위치한 마을 스크롤을 찢었다.

※ ※ ※

알버트 두마는 탱커의 2차 전직 클래스 가더였다.

그는 화려한 금빛 갑주로 전신을 두르고, 왕관 같은 투구를 착용한 뒤 페이스 가드를 내렸다.

챙-!

날카로운 금속음이 귓가에 울렸다.

"건방진 새끼! 감히 그곳에서 내게 치욕을 줘?"

주먹을 쥐었다 폈다 할 때마다 두꺼운 건틀릿이 기이한 비명을 지른다.

바닥에 내려놓은 육중한 황금 방패를 왼손에, 그와 비슷한 양날 도끼를 오른손에 쥐었다.

그가 한 걸음 내딛자 주변에 모여 있던 자들이 좌우로 길을 텄다.

알버트 옆으로 한 남자가 따랐다.

"멀지 않습니다."

히페리온이었다.

그는 순백의 갑옷을 입고, 손에는 성검 젠가를 쥐고 있었다. 무료 A급 성물인 젠가는 동급의 전설 등급 무기와 대등한 힘을 뽐냈다.

알버트는 양날 도끼와 방패를 등에 이고 입을 열었다.

"나는 너희에게 많은 돈을 지불했다."

"알고 있습니다."

알버트는 히페리온이 이끄는 '궁니르'를 고용하는 데 50만 달러를 사용했다.

엄청난 액수였다.

아무리 세계적으로 명성이 높은 길드라지만 50만 달러의 가치는 아니었다.

처음 히페리온도 계약서를 받았을 때 얼마나 놀랐는지 모른다. 치욕을 당했다지만 현실도 아니고 게임에서.

'현실이었으면 진짜 히트맨을 고용하고도 남을 돈 아닌가?'

이런 쪽 지식은 영화에서 본 게 전부인 그였다.

'이해를 할 수가 없군.'

게임에서 백 번 죽여 봐야 되살아날 뿐이다.

'완전 호구야, 호구. 크크큭!'

알버트 두마가 어떤 사람인지는 모르겠지만, 알딘 건만 잘 해결되면 퍼 주는 단골을 하나 붙잡게 되리라.

그렇게만 되면 호조를 끌어내리고 그 자리에…….

"뭐가 그리 즐겁지?"

히페리온이 혼자 히죽이고 있자 알버트가 물어 왔다.

그는 여유롭게 웃으며 고개를 저었다.

"아닙니다. 그저, 엄청난 유명세를 가진 알딘을 저희가 죽일 수 있다는 생각에 벌써부터 신이 나서요."

"흥! 실패한다면 각오해라."

"그럴 리는 없습니다."

길드 사냥꾼이라 불리기 시작한 게 홀리 가디언 극초반 시절이었다.

제대로 된 길드가 없고, 유저들이 아직 전투에 익숙하지 않던 시기였다.

물론 알딘의 실력이 별 볼 일 없다는 건 아니었다. 그런 시절이었다고 해도 단신으로 수십 명을 쓰러트린 건 분명 대단하다.

하지만 딱 그 정도.

"길드의 체계가 완전히 잡히고, 유저들의 실력도 그때완 비교할 수 없을 정도로 올랐습니다. 길드 사냥꾼이란 이명은 이제 와선 허명에 지나지 않죠."

"믿어 보지."

"감사합니다."

이때까진 아무도 예상하지 못했다.

알딘과 마주하게 되었을 때 그들이 어떤 경험을 하게 되는지.

✢ ✢ ✢

알버트 두마와 '궁니르'가 알딘이 있는 세칸 산맥으로 향할 무렵.

스네이크 역시 준비를 막 끝냈다.

그녀의 뒤엔 일곱 명의 플레이어가 서 있었는데, 하나같이 흉흉한 안광을 번들거렸다.

스네이크를 보좌하는 집단, 세븐 툴즈(Seven Tools)였다.

"바로 출발하시겠습니까?"

"아니."

세븐 툴즈의 수장, 라카식의 물음에 스네이크가 고개를 저었다.

지금 가도 좋겠지만, 그럼 계획을 새로 짜야 한다.

그녀는 알딘과의 대화를 떠올리며 희미한 미소를 지었다.

"우리는 놈들이 알딘 씨가 준비해 놓은 던전에 들어가고 10분 후에 진입한다."

알딘과 대화할 때와 달리 지금의 스네이크는 카리스마가 넘쳤다.

그녀는 어느 때보다 진하게 그린 아이라인을 문지르며 쌍검을 손보기 시작했다.

세븐 툴즈는 그녀의 주변을 경호하듯 둘러쌌다.

누구에게도 보여 주지 않겠다는 듯이.

"온다."

저 멀리서 일련의 마력 덩어리들이 줄지어 이곳으로 오고 있다.

나는 광안을 유지한 채 자리에서 일어났다.

수는 대략 3~40명 정도는 되어 보였다. 못해도 일백은 넘길 줄 알았는데, 지역이 지역이다 보니 데리고 올 수 있는 인력풀이 모자랐던 모양이다.

달리 생각해 보면 아틀란티스에 저만한 유저를 이끌고 올 만한 길드다.

저 정도만 해도 이름을 날리는 길드임은 틀림없다.
 '내 기준이 꽤 높았구나.'
 아틀란티스에 백 명 이상 동원할 수 있는 길드가 몇이나 되겠는가.
 약간의 실망감을 느꼈다.
 시간까지 맞춰 가며 상당한 준비를 해 놨는데, 숫자가 저것밖에 안 된다면 너무 쉽다.
 그만 몸을 돌리고 던전에 들어가려고 했다.
 풀숲과 나무에 가려진 길드가 모습을 드러내지 않았다면 말이다.
 "오호라."
 누군가와 대화를 나누고 있는 알버트 두마.
 시선을 살짝 옆으로 돌렸다.
 순백의 갑옷을 걸친 백금발의 미남이 하얀 이를 드러내며 웃는다.
 자신감으로 가득 찬 얼굴엔 언뜻언뜻 욕망이 꿈틀거리고 있었다.
 우연인지, 운명인지.
 "어쩌면 노린 걸 수도."
 나는 실실 쪼개는 히페리온을 보다가 그만 몸을 돌렸다.
 이거 아주 흥미진진하게 조져 버릴 수 있겠다.

✥ ✥ ✥

"음?"

"왜 그러지?"

"방금 시선이 느껴졌습니다."

히페리온의 시선이 산자락 끄트머리로 향했다.

아무도 없었지만 그곳에서 분명 누군가가 자신들을 쳐다보고 있었다.

"흥! 그 쥐새끼겠군."

"아마도 그렇겠죠."

무슨 생각인지는 모르겠지만, 알딘은 도망치지 않았다. 대체 무슨 자신감인지 모르겠지만 그건 만용으로 작용할 것이고, 커다란 후회를 낳으리라.

알버트가 입꼬리를 위로 끌어당겼다.

"홀리 가디언이 네놈 돈벌이라지?"

그렇다면 그걸 철저하게 파괴해 두 번 다시 게임을 하지 못하게 만들어 줄 것이다.

잠시 후, 그들은 던전 '칼로소가 머문 곳'의 입구 앞에 도착했다.

이 안에 알딘이 있다.

'궁니르'의 길드원 하나가 앞으로 나섰다.

"던전을 감정하도록 하겠습니다."

그들은 아직 던전의 이름조차 알지 못했다.

무슨 몬스터가 나오고, 구조는 어떤지 당연히 알 리 없었다.

그렇기에 외부에서 던전을 감정할 필요가 있었는데, 그걸 할 수 있는 자들을 던전 탐색꾼이라 불렀다.

달리 클래스가 있는 건 아니었다.

그냥 '던전 탐색'이란 스킬이 있으면 던전 탐색꾼이 되었다.

던전 탐색꾼이 입구 앞에 무릎 꿇고 앉아 땅에 손을 짚었다.

[던전 탐색]

자주색 파장이 지면으로 퍼지더니 던전 안으로 빨려 들어갔다.

그리고 던전 탐색꾼 앞에 던전의 상태창이 짤막하게 떠올랐다.

탐색꾼은 상태창을 확인하다 눈살을 찌푸렸다.

"정보가… 안 뜹니다."

"그게 무슨 소리지?"

히페리온이 탐색꾼에게 다가갔다.

탐색꾼은 손바닥을 털고 자리에서 일어났다.

"말 그대로입니다. 정보가 안 뜹니다."

"이유는 모르나?"

"두 가지가 있습니다. 높은 등급의 던전이든가, 비밀을 품고 있는 던전이든가."

"흠……."

"제가 볼 땐 후자인 것 같습니다. 등급이 높은 던전은 이렇게 공개된 곳에 있는 경우가 드뭅니다. 보통 깊숙한 곳에 숨겨져 있거나, 히든 던전들입니다. 아마도 후자인 것 같습니다."

"어쩔까요?"

히페리온이 알버트의 의중을 물었다.

이곳의 총책임자는 그였지만, 고용주의 의견을 묵살할 수는 없다.

알버트는 페이스 가드를 올리고 던전 입구를 둘러봤다. 그 역시 1년간 홀리 가디언을 플레이했기 때문에 알 건 다 알고 있었다.

"들어간다."

"도망치지 않은 것으로 보건대, 많은 준비를 해 놨을 겁니다."

"그래서 두렵나?"

알버트가 두 눈을 부릅떴다.

개망나니라고 하더니, 표정 한번 살벌하다.

히페리온이 고개를 저었다.

"설마요."

"그럼 가지."

"예."

착-

페이스 가드가 다시 내려갔다.

히페리온은 성검 젠가를 뽑아 들고 부하들에게 명령했다.

"던전 안에 숨어 있을 알딘을 찾아내라."

'궁니르'가 일사불란하게 던전 안으로 진입했다.

※ ※ ※

입구 쪽이 제법 소란스러워졌다.

나는 올라가 있던 벽 위에서 가볍게 뛰어내렸다.

탐색꾼이 있을 테니 던전의 정보는 몰라도, 내 위치는 금방 찾아낼 것이다.

나는 설렁설렁 만전의 준비를 가한 공터로 향했다.

쾅!

그때 첫 번째 '폭발'이 일어났다.

히죽 웃으며 고개를 돌리자, 새까만 폭연이 입구 방향에서 피어오르고 있었다.

"시원하게도 밟았네."

내가 메제스에게 받아 온 것.

그것은 대량의 폭탄이었다.

그것도 마력 인식형 지뢰로, 문자 그대로 발생한 마력에 반응해 폭발을 일으킨다.

위력은 200레벨 기준의 탱커의 HP를 10퍼센트 감소시

수준 • 145

킬 정도.

그런 걸 대략-

"300개 준비했으니 실컷 즐겨 달라고."

콰가가강!

말이 끝나기가 무섭게 연쇄 폭발이 발생한다.

찢어지는 비명이 이어지며, 무식한 욕설이 던전에 울려 퍼졌다.

콰아앙-!

그러거나 말거나 폭발은 계속된다.

니들이 내가 있는 곳에 올 때까지 쭈욱-

"머저리 같은 놈들."

나 혼자 이곳에 있다는 걸 아는데도 아무런 의심 없이 들어오다니.

한심하기 짝이 없는 종자들이다.

쾅! 콰가강!

폭음은 정말 끊이지 않았다.

그걸 BGM 삼아 준비해 놓은 공터에 도착했다.

사전에 펴 놓은 낚시 의자에 걸터앉아 한쪽 다리를 꼬았다.

"지금쯤- 꽝!"

콰앙!

"크아아악!"

"그만! 움직이지 마! 폭발이 계속 발생하잖아!"

"벌써 여섯 명이 사망했어! 일단, 일단 대기해!"

콰아앙!

"우, 움직이지도 않았는데 왜 폭발하는 거야!"

"크크큭!"

마력 인식 지뢰라는 걸 알기 전까지는 왜 자꾸 터지는지 절대 알 수 없으리라.

그리고 원인을 알게 됐을 땐 이미 늦었다.

던전의 침입자(?)들의 욕설과 감미로운 폭발 소리를 들으며 고개를 뒤로 젖혔다.

다리를 까딱까딱 흔들며 지금을 만끽한다.

'이게 진짜 휴가지.'

빌런들을 쓰러트리는 히어로의 삶 같지 않은가.

흥겹게 콧노래를 흥얼거리고 있을 때였다.

가이덴에게 연락이 왔다.

"또 무슨 일이야?"

빠삐루스와 연결해 준 이후로 또다시 연락이 끊겼던 가이덴이었다.

이번엔 뭐가 필요해서 통신을 걸었으려나?

"왜?"

(…형님.)

목소리를 왜 이리 깔아?

"무슨 일인데."

(…형님을 찾는 분이 계셔서요.)

"또?"

(그게… 급하게 알려 줄 게 있다고 해서요.)

"이번엔 또 누군데?"

(직접, 직접 보시는 게 나을 것 같아요. 지금 채팅창에 초대해 드릴게요.)

통신이 끊겼고, 허공에 홀로그램 채팅창이 떠올랐다.

나는 짜증을 숨기지 못한 채 참가한 유저 목록을 확인했다. 그리고 짜증 가득하던 얼굴이 급격히 굳고 말았다.

"당신이… 왜 여기서 튀어나와?"

[시로네]

너무나도 익숙한 이름이었다.

한 시간 전.

시로네는 가이덴에게 연락하기 전에 히페리온이 대여해 간 성물부터 확인해 보았다.

말이 확인이지, 이곳에 보관된 성물의 수는 감히 셀 수 없을 정도로 많았다.

500페이지의 두꺼운 서적으로만 세 권.

그래도 목차를 뒤져 보면 금방 찾을 수 있을 것이다.

…라고 생각했었다.

"대체 왜 안 나오는 거야?"

'꽃처녀의 피가 묻은 글래스'는 어디에도 없었다.

당연했다.

성물의 목록을 적어 놓은 서적은 총 세 권이 아니라 원래는 네 권이었다.

그중 '꽃처녀의 피가 묻은 글래스'가 들어 있는 서적을 히페리온이 대여해 갔다.

그 사실을 알 리 없는 시로네는 남아 있는 서적을 몇 번이고 반복해 볼 뿐이었다.

"없어……."

그렇게 30분을 더 소요하고 난 후에야 현실을 마주할 수 있었다.

책을 모두 정리하고, 대주교의 집무실로 빠르게 걸어갔다. 이렇게 된 이상 직접 어떤 성물인지 물어볼 수밖에.

히페리온이 막 대여해 간 터라, 지금 물어보면 괜히 추궁당할 것 같아 혼자 찾을 생각이었다.

하지만 찾을 수 없으니 추궁당하더라도 이 방법뿐이다.

똑똑똑-

"누구인가?"

"저입니다."

"허허! 시로네 양? 들어오게나."

대주교의 허락이 떨어지기가 무섭게 벌컥 문을 열고 안으로 들어갔다.

편안한 사제복으로 갈아입은 대주교가 안경을 벗으며 그녀를 맞아 주었다.

"그래. 무슨 일이신가?"

"여쭤볼 게 있어서요."

대주교의 풍성한 하얀 눈썹이 위로 올라간다.

의외라는 표정이었다.

시로네는 임무를 제외하면 사적으로 주교급 인물들과는 어지간하면 대화하지 않았다.

거의 유일한 대화 상대라고 해도 좋을 대주교 역시 마찬가지였다.

"말해 보게."

"저… '꽃처녀의 피가 묻은 글래스'란 어떤 성물인가요?"

"음? 그게 궁금했던 건가?"

"예."

"하하! 난 또 뭐라고. 비장하게 들어와서 심각한 일이라도 있는 줄 알았잖나."

대주교는 별것 아니라는 듯 너털웃음을 터트렸다.

그 반응을 보고 있자니 긴장하고 있던 자신이 우스워진다.

"'꽃처녀의 피가 묻은 글래스'라. 오랜만에 듣는군."

"알고 계시나요?"

"당연한 소리를. 나 이곳의 총책임자일세?"

시로네의 볼이 붉어졌다.

대주교라고 모든 걸 아는 건 아니겠지만, 성물처럼 중요한 걸 파악하지 않을 리 없었다.

성급함에 괜히 민망해졌다.

대주교는 그녀를 보며 아빠 미소를 지었다. 나이 차만 따지면 손자뻘이니 웃을 수밖에.

"그 성물은 말만 성물이지, 강한 저주를 품고 있다네."

"저주요?"

"그래. 대상이 사람이라면 그 글래스는……."

☦ ☦ ☦

「시로네:오랜만이에요.」

「아… 예. 반년도 더 넘었군요.」

채팅을 치면서 목록을 살폈다.

빠삐루스 땐 귀신같이 사라진 가이덴이 채팅을 지켜보고 있다.

내가 이런 말 하는 것도 우습지만, 참 한심하면서도 안쓰러웠다.

다시 채팅창으로 시선을 돌려, 나를 찾은 이유에 대해 물었다.

「그래서… 무슨 일이신지. 제가 지금 좀 바쁜 상황이라서요.」

콰앙-!

엔터를 누르기 무섭게 폭발이 일어났다.

「적들이 꽤 많아요.」

「시로네:설마 히페리온인가요?」

……?

이 사람이 그걸 어떻게 알지?

나는 머리가 잠시 혼란스러워졌지만, 침착하게 채팅을 작성했다.

「그걸 어떻게 아셨나요? 지금 그가 이끄는 길드랑 한바탕하고 있는 중인데.」

「시로네:얘기하긴 길어요. 급하니까 짧게 말할게요. 히페리온이 금색 유리잔을 들면 지체하지 말고 도망치세요.」

「무슨 소리예요?」

「시로네:설명하려면 길어요. 무조건 도망치세요, 무조건.」

금색 유리잔이 뭐기에 시로네가 이렇게까지 반응하는지 모르겠다.

알겠다고 타이핑을 막 칠 무렵이었다.

콰앙-!

공터로 이어지는 입구에서 폭발이 발생했다.

짙은 폭염 속에서 몇몇의 사내가 방패를 앞세운 채 뚫고 들어왔다.

"무식한 놈들……."

폭발의 원인을 찾긴커녕 몸뚱이를 믿고 밀어붙였다. 순간 어이가 없었지만, 그거야 쟤네 손해지 내 손해는 아니다.

채팅창을 끄고 자리에서 일어났다.

"이야, 완전 터프한 놈들이네."

"알디이이이인!"

폭연의 끄트머리에서 황금색 갑옷으로 무장한 덩치가 걸어 나온다.

반들거리던 갑옷은 곳곳이 새까맣게 그을려져 있었다. 그는 커다란 손으로 페이스 가드를 올렸다.

그곳엔 익숙한 얼굴이 못생기게 일그러져 있었다.

"이게 누구야? 나한테 쪽 제대로 당한 부잣집 아드님이시잖아?"

"저 새끼 죽여!"

분노한 알버트가 나를 향해 양날 도끼를 겨누었다.

그 옆에 따라 나온 히페리온이 고개를 끄덕이자, 길드원들은 그제야 나를 향해 달려오기 시작했다.

"근데 그거 알아?"

선두는 다섯 명의 탱커였다.

묵직해 보이는 다섯 개의 방패는 성벽을 연상시킬 정도로 단단해 보였다.

그 틈 사이로 숏 소드가 가시처럼 튀어나와 있다.
그들을 보며 흑검 아스칼론의 손잡이를 붙잡았다.
"지뢰는 그저 에피타이저였다는 걸."
새까만 칼날이 뽑혀 나오는 순간,
"저, 저것들은 다 뭐야!"
공터의 곳곳에서 수많은 몬스터들이 리젠되기 시작했다.
"뭐기는, 파티지."
너희를 위한 죽음의 파티!

✠ ✠ ✠

내가 설치한 함정은 지뢰만 있는 게 아니었다.
아니, 설치했다는 표현을 옳지 못하다.
평범하게 던전의 환경을 이용한, 굳이 따지자면 자연 친화적인 함정.
바로 몬스터.
"이곳의 몬스터들은 정확히 1시간 5분 후에 리젠되더라고."
전생엔 몬스터 리젠 시간까지 생각하며 사냥하지 않았다. 그래서 이번 기회에 직접 실험해 보았다.
"너희를 위해서 말이야."
"이 미친놈……!"
히페리온은 그 미친 짓에 진저리가 났다.

그 얼굴을 보고 있자니 왠지 모를 쾌감이 일었다.

'둠스데이'를 등에 업고 그렇게 깝죽거리던 히페리온이었다. 전생에 놈 때문에 얼마나 피곤했는지 모른다.

앞머리를 뒤로 쓸어 넘겼다.

"마음에 들어?"

"너 또한 자유롭지 못할 텐데!"

"그건 네 생각이고."

그리 말하며 손에 쥔 작은 녹색 병을 꺼내 보였다.

이 자리에 있는 모든 유저가 눈을 동그랗게 떴다.

"…몬스터 페로몬."

"너무 쓰레기라 욕만 뒤질라게 처먹은 희대의 X망 캐쉬템. 모두 알고 있지?"

한 번 마시면 고작 1분 30초 동안 몬스터들의 공격에서 자유롭게 만들어 주는 쓰레기 캐쉬 아이템.

이딴 게 한 병에 현금으로 오천 원이다.

평소 같으면 이런 건 사긴커녕 쳐다도 안 볼 것이다.

알버트가 허망한 얼굴로 중얼거렸다.

"그런 게 있을 줄이야······."

직접 아이템을 사 본 적이 없으니 캐쉬 숍에 뭐가 있는지도 모른다.

몬스터들이 알버트와 '궁니르'를 향해 야수처럼 달려들었다.

평균 레벨 310에 달하는 몬스터들은 그들을 쉬지 않고 공격했다. 탱커들이 몸을 대고, 딜러들이 공격했지만 그들의 레벨로는 감당할 수 없었다.

그나마 히페리온과 레벨 높은 간부 몇몇이 맞섰지만 그들로서도 역부족.

"빌어먹을, 빌어먹을! 이딴 걸 준비해 놓다니!"

히페리온이 젠가를 휘두르며 욕설을 뱉었다.

"내, 내게 오게 하지 마!"

중심에서 보호받고 있는 알버트는 돼지처럼 꾸웨에엑! 울 뿐이다.

알딘-

대단한 플레이어라는 건 알았지만 이 정도로 영악할 줄은 몰랐다.

심지어 어디로 갔는지 모습이 보이지 않았다.

그는 이를 악물며 젠가를 높이 치켜들었다.

[영웅의 심포니]

젠가의 원주인이었던 성인(聖人) 마스레티의 힘을 끌어 올리는 스킬이 장내에 울려 퍼진다.

그 신성함에 공격하던 몬스터들이 주춤했다.

그 기세를 놓치지 않고 '궁니르'가 반격을 시작했다.

30분이 지났다.

알딘은 온데간데없이 사라졌고, 몬스터와의 전투로 길드원 중 절반이 로그아웃당했다.

남은 사람들도 멀쩡하지 않았다.

히페리온은 바닥에 한쪽 무릎을 꿇으며 가쁜 숨을 토해냈다.

'젠장, 젠장!'

분노가 치민다.

호조가 했던 말이 환청처럼 계속해서 들려왔다.

'웃기지 마……!'

내 길드라면 알딘을 충분히 쓰러트릴 수 있다.

비록 지금은 몰린 상태라도 아직은 수적 우위를 점할 수 있다.

아직 남아 있는 비장의 수도 있고.

히페리온은 그리 생각하며 비틀비틀 자리에서 일어났다.

그때 비슷한 몰골을 한 알버트가 입을 열었다.

"히페리온."

"네."

"네가 말한 것과는 상황이 많이 다르지 않나?"

그는 분노에 찬 눈으로 히페리온을 노려봤다.

거구에 인상마저 무섭게 생긴 사내가 찢어진 눈으로 노려보니 절로 움츠러들었다.

히페리온은 지금 말을 했다간 음 이탈이 날 것 같아, 괜히 헛기침을 했다.

"크흠! 걱정하지 마십시오. 아직 인원은 이만큼 남았고, 설마 전멸당한다고 해도 비장의 한 수가 있습니다."

"…실망시킨다면 각오하는 게 좋을 거다."

"명심… 하겠습니다."

날 선 경고에 히페리온은 고개를 주억일 수밖에 없었다.

자신이 어쩌다 이런 꼴이 됐단 말인가.

주먹이 파르르 떨렸다.

"알딘을 찾아라. 그리고 조심해라. 지뢰가 더 있을 수도 있으니까."

히페리온의 명령에 부하들이 다시 움직이기 시작했다.

그리고 그 모든 광경을.

'한심한 놈.'

구석진 곳에서 내가 지켜보고 있었다.

나는 손에 낀 반지를 슥슥 문질렀다.

두 번째 메인 스트림에서 1위를 달성한 유저에게만 내려지는 투명 반지였다.

저들이 본격적으로 공터를 탐색한다면 날 찾는 건 쉬울 것이다.

'하지만 그러지 않는다는 걸 알고 있지.'

사람은 보통 눈앞에 안 보이면 경계를 하는 한편, 다른 곳으로 이동했다고 생각을 한다.

이곳이 가상 세계란 것만 알면 투명화도 충분히 예상할 수 있지만, 그들에게 그런 정신머리는 남아 있지 않았다.

반투명한 칼날을 손가락으로 삭삭 문질렀다.

지금 공터에 남은 사람은 히페리온과 알버트, 그리고 길드원으로 보이는 두 명이 끝이다.

[화이트 쉘]

고민할 것 없이 스킬을 날려 버렸다.

"뭐, 뭐얏?"

허공에서 새하얀 빛 덩이가 튀어나오자 그곳에 있던 모두가 경악했다.

알버트가 잽싸게 방패를 들어 올렸다.

히페리온은 젠가를 들어 신성력을 한계치까지 방출시켰다.

쿠우우우-!

성검이 강렬한 빛을 뿌리며 날아오는 빛 덩이를 저지한다.

"크아아아아!"

그러나 출력 면에서 레벨이 달랐다.

저지하려던 성검의 빛은 되레 뒤로 밀리기 시작했다.

"돕겠습니다!"

부하들이 마력을 개방해 빛 덩이를 막아섰다.

한 명과 세 명은 확실히 달랐다.

밀리는 힘도 줄어들었고, 오히려 밀어내기 시작했다.

방패 뒤에서 눈치를 보던 알버트도 이때다 싶어 가더의 힘으로 빛 덩이를 막았다.

"그렇게 하나에만 집중하고 있으면 어떻게 해?"

"헉!"

"이, 이놈!"

나는 어깨에 검을 짊어진 채 나타났다.

히페리온은 또 한 번 경악에 찬 얼굴을 했다.

무척 보기 좋았다.

"이것도 막아 봐."

[리히트 소일레X뇌전의 신력]

발밑에서 순백의 빛이 뿜어져 나온다.

빛은 황금빛으로 물들더니, 굵직한 스파크를 흩뿌리기 시작했다.

히페리온은 여유가 있는 틈을 타 몸을 피하려 했지만,

"놔줄 리가."

[광섬:계헥]

당연하게도 실패했다.

허공에서 채찍처럼 떨어지는 수 줄기의 빛의 섬유가 그의 백색 갑옷을 후려쳤다.

동시에 빛의 기둥이 천장까지 솟구쳤다.

"크아아악!"

"이, 이러어어언!"

화이트 쉘을 막던 힘도 줄어들고 그대로 놈들을 들이받았다.

거의 3중 추돌 사고급 교통사고가 발발했다.

특히 게헥에 정통으로 당한 히페리온은 나름 단단한 성기사 클래스인데도 바닥을 나뒹굴었다.

길드원 두 명은 이미 한계에 달했는지 몸이 껌뻑거리고 있었다. 조금만 더 당하면 로그아웃당한다는 신호였다.

단칼에 그들의 목을 베었다.

"괴물!"

히페리온은 악에 받친 목소리로 소리쳤다.

고개를 돌려 알버트를 보았다.

얼마 전에 내게 신나게 얻어맞던 놈은 눈이 마주치자 괜히 어깨를 떨었다.

어차피 게임이라 크게 아프지도 않았을 텐데 엄살 부린다.

"기, 길드장님!"

그때 나를 찾으러 갔던 길드원들이 돌아왔다.

이곳으로 달려오는 그들을 보며 히죽 웃어 주었다.

"거기 위험한데."

딱-!

손가락을 튕겼다.

발밑이 벌겋게 물들었다.

콰아아아앙!

굉장한 폭발이 발생했다.

거친 화마는 순식간에 위를 지나간 '궁니르'의 길드원들을 덮쳤고, 그 여파에 천장이 무너질 것처럼 흔들거렸다.

히페리온은 경악보다는 그저 커진 눈으로 그곳을 보고 있었다.

그때 한 유저가 폭연을 뚫고 뛰어나왔다.

히페리온의 표정이 살짝 밝아지나 싶더니,

파스슥-

"빈껍데기였네."

새까맣게 그을린 유저는 그대로 재가 되어 사라졌다.

입구에서부터 공터까지 설치해 놓은 마력 인식형 지뢰랑은 다르다.

내 신호에 맞춰 폭발하는 평범한 지뢰였다.

다만 화력이 과하게 센 편이라 레이드 몬스터에게도 상당한 치명타를 줄 수 있다는 것?

"저건 원래 쓸 생각이 없었는데, 나한테 지뢰 구해다 준 친구가 효과가 좋다고 해서 받아 와 봤어."

저 지뢰는 메제스가 레이드 공략 때 쓰다 남은 것이었다.

그의 말대로 효과는 대단했다.

"미친……."

히페리온은 믿을 수 없는 얼굴이었다.

나 같아도 믿기지 않았을 것이다. 자신의 길드가 한순간에 말소되었으니까.

그러나 이게 현실이다.

마력과 신성력을 끌어 올린 채 그에게 다가갔다.

히페리온은 풀린 눈으로 나를 올려다보았다.

알버트는 이미 전의를 상실한 것처럼 보이니 나중에 처리하자.

"내가 따로 조사를 해 봤는데."

좌절과 상실로 뒤섞인 히페리온의 눈은 썩은 동태와 똑같았다.

비웃음이 절로 나온다.

"너, '둠스데이' 소속이더라?"

썩은 동태가 아주 살짝 명태가 되었다.

"그, 그걸 어떻게 알지?"

"말했잖아. 뒷조사했다고. 햐~ 뭐 하는 놈들인지 모르겠지만 대단해. 길드 하나를 나한테 보낼 생각을 하다니. 아니, 나라서 그런가?"

"크크큭!"

말을 끝내자 히페리온이 미친 사람처럼 웃기 시작했다. 그는 끅끅- 거리며 알버트를 보았다.

"그래! 아주 좋은 기회인 것 같았지! 너를 잡는다면 길드 내에서 내 평판은 오를 것이고, 호구가 내 손에 들어온다. 크흐흐! 근데, 근데!"

"저, 저 새끼가!"

호구라는 말에 알버트가 발끈했다.

그걸 무시하고 히페리온은 말을 마저 뱉어 냈다.

"네놈이 망쳤어!"

"아주 웃기는 새끼네. 응?"

빡!

무릎으로 놈의 턱을 찍었다.

우직, 턱뼈가 잘게 부서진 감촉이 무릎을 타고 느껴졌다.

"크으……."

"적반하장도 유분수지, 이놈아. 선빵을 쳐 놓고서는 뭐? 내가 망쳐?"

콱!

무릎을 밟았다.

"크악!"

관절과 신경이 완전히 박살 났다.

히페리온은 벌겋게 물든 눈으로 젠가를 휘둘렀지만, 제대로 벨 수 있는 위력조차 안 담겨 있었다.

검을 쥔 팔을 붙잡고, 팔꿈치를 발로 밀어냈다.

우드득-

팔이 역방향으로 꺾였다.

"이, 이 자식!"

"입만 산 놈 같으니."

주먹으로 시끄러운 주둥이를 찍었다.

이빨이 다 박살 나며, 만화에 나오는 것처럼 입이 안쪽으로 쑥 들어갔다. 주먹 자국도 선명하게 났다.

그 모습이 우스꽝스러웠지만 웃음은 나오지 않았다.

그를 뒤로 두고 알버트에게 다가갔다.

"오, 오지 마!"

"돈도 많은 양반이 왜 그러실까?"

"지, 진짜 실수하는 거다. 알딘, 진짜 실수하는 거야!"

"실수는 먼저 했잖아. 왜 자꾸 나한테 지랄이야?"

주먹을 꽉 쥐고 투구째로 놈의 얼굴을 후려쳤다.

따앙-!

투구가 허공으로 날아 바닥에 몇 번 튕겼다.

"야, 너는 따로 처리해 줄 사람이 오고 있으니까 여기 딱 있어라. 튀지 말고."

"누, 누구……?"

"보면 알아."

쿨하게 몸을 돌렸다.

알버트는 욕을 중얼거리듯 내뱉으며 처량하게 벽에 등을 댔다.

다시 히페리온에게 왔다.

놈은 피범벅이 된 상태로 눈동자만 굴려 나를 노려보고 있었다.

"가서 '둠스데이'의 대가리한테 전해. 나 알딘은 절대 도망치지 않는다고. 오히려 뒤를 조심하라고. 네놈들이 어디에 있는지 이제 곧 찾아낼 수 있으니까."

히페리온의 동공이 살짝 떨렸다.

방금 건 일종의 허세였다. 회귀자이니 그들의 본부가 어디 있는지는 알지만, 그걸 곧이곧대로 말할 수는 없다.

그래서 뒷배가 있는 것처럼 군 것이다.

내가 절대 범상치 않은 놈이라는 걸 알려 주듯이 말이다.

그렇게만 된다면 아무리 '둠스데이'라도 내게 위기감을 느끼고 당분간은 놔두겠지.

"그만 죽……."

"아우어(안 죽어)……."

내가 아스칼론을 막 드는 순간이었다.

그의 멀쩡한 왼손에 금색 유리잔이 들려 있었다.

「시로네:얘기하긴 길어요. 급하니까 짧게 말할게요. 히페리온이 금색 유리잔을 들면 지체하지 말고 도망치세요.」

아까 전, 시로네와 했던 채팅이 머릿속에 떠오른다.

히페리온이 힘겹게 유리잔을 들어 올렸다.

['꽃처녀의 피가 묻은 글래스' 발동]

잔에서 붉은 피가 넘치듯 흘러나온다.

피는 바닥으로 줄줄 새더니, 그 양이 과할 정도로 많아졌다.

순식간에 피로 바닥이 적셔지고, 웅덩이라 해도 좋을 정도로 가득 차기 시작했다.

"오아이이모애(도망치지 못해)."

피가 발끝에 닿았다.

반사적으로 발을 뒤로 뺐다.

그리고 세상이 어둠으로 물들었다. 뇌전의 신력을 일으켰다.

황금빛 번개가 어둠이 잠식된 세상을 가로지른다.

하나 번개는 어둠을 밝히지 못했다.

오히려 어둠은 번개를 게걸스럽게 잡아먹고, 세를 불리기 시작했다.

피가 허공으로 떠오르며 둥글게 뭉친다.

"저건……."

피의 구체가 곱슬거리는 기다란 머리카락이 되고, 달걀형의 얼굴이 되며, 하늘거리는 드레스가 된다.

가느다란 팔다리는 진짜 사람처럼 선이 살아 있었다.

나는 그녀를 보며 헛웃음을 삼켰다.

스크림을 보는 듯한 얼굴과 세로로 찢어진 입에서 사악한 마(魔)가 창궐하기 시작했다.

동시에-

"알딘 씨!"

어둠을 깨트리며 흑발의 여인이 피로 이루어진 여인의 머리를 베었다.

스네이크였다.

제52장

성물

시로네는 대주교와 '꽃처녀의 피가 묻은 글래스'를 두고 한 대화를 떠올렸다.

'그 성물은 성물이되, 성물이 아닐세.'
'그게 무슨 말인가요?'
'그것은 신화시대에 만들어진 것으로, 당시 대륙을 침공한 사악한 악마의 피를 봉인한 물건. 쉽게 말해 끔찍하고 강력한 마기가 깃든 봉인물이라네.'
'대체 왜 그런 게 성물로 취급되는 거죠?'
'당시 그랑데 교단의 성녀가 직접 자신의 목숨을 바쳐 신의 힘이 깃들게 한 유리잔이기 때문일세. 그 힘으로 악마의 피를 봉인함으로써 세계에 평화를 가져다주었지. 이 정도면 성물이라 해도 좋지 않겠나? 비록 담겨 있는 것이 끔찍하더라도······.'

여기까진 이해했다.
유리잔에 사악한 마가 깃들기까지의 과정은 충분히 성물이라고 할 수 있었다.
문제는 그로 인해 발생한 저주와 대주교가 지나가듯 말한 사람이 대상이었을 때의 유리잔의 효과였다.
시로네는 그 부분 또한 물어봤었다.

'사람이 대상이면 어떻게 되죠?'
'으음······. 일단 잔에 새겨진 저주부터 설명해 줘야겠군. 설명을 다 듣는다면 그 뒤에 건 생략해도 좋을 테니.'

그렇게 대주교의 설명이 이어졌고, 모든 설명을 들은 시로네는 가이덴을 통해 바로 알딘에게 연락했다.
"거기에 당하면 아무리 알딘 님이라도······."
그녀는 방 한구석에 웅크리고 앉아 있었다.
'꽃처녀의 피가 묻은 글래스'는 참 잔혹하고 슬픈 이야기로 얼룩진 성물이었다.
그렇기에 사람에게 그리 잔인하게 구는 걸지도 모른다.
비록 게임 속 아이템일 뿐이지만, 시로네는 마치 자신 같아서 무릎에 얼굴을 파묻을 수밖에 없었다.

※ ※ ※

스네이크의 쌍검이 요란하게 움직였다.
피의 여인이 참격을 버티지 못하고 흩어졌지만 금세 복구되어 다시 마기를 흩뿌렸다.
"젠장! 저게 뭐야!"
"알딘 씨!"
바닥에 착지한 스네이크가 곧바로 내게 다가왔다.
그러면서 허공에 떠 있는 피의 여인을 경계했다.
"저건 대체 뭐죠?"
"나도 몰라. 히페리온 녀석이 소환했어."
소환인지도 정확하지 않다.
그냥 그렇게 보여서 소환이라고 표현한 것뿐이다.
중요한 건 피의 여인이 뿌리고 있는 끔찍한 마기였다.
마기는 살아 있는 모든 걸 죽일 기세로 뿜어져 나오고 있었는데, 그 흐름이 심상치 않았다.
대체 히페리온이 들고 있던 황금 유리잔이 뭐였기에 저딴게 나온단 말인가?
"일단 이 공간부터 파훼해야 해."
"어떻게요?"

"어떻게 해서든."

캔슬이 있긴 하지만 뒤에 또 뭐가 있을지 모른다.

화력으로 밀어붙여 보자.

[흑점:소드 블랙홀]

허공 아무 곳에나 검을 찔렀다.

새까만 공간이라 소드 블랙홀의 색이 묻혔지만, 스킬은 정상적으로 발동했다.

공간이 찌그러지는 게 보인다.

아예 나갈 수 없는 공간은 아니라는 증거다.

스네이크가 그걸 보고 쌍검을 X자로 교차했다.

[아르신 쌍검술 6식]

교차한 검이 벌어지며 검끝이 닿는 순간,

[파쇄참]

소드 블랙홀 위로 파란빛이 번쩍였다.

콰직!

허공에 거미줄 같은 균열이 쩌적 벌어졌다.

어떻게 구성된 공간인지는 모르겠지만 파괴는 된다.

나는 즉발적으로 뽑아낼 수 있는 모든 화력을 쏟아 냈다.

"크으으읍!"

황금빛 뇌기를 머금은 빛의 섬유들이 균열을 때리고, 검은 파편과 하얀빛이 충격파를 발산하며, 화이트 쉘이 파고 드는 어둠을 집어삼켰다.

콰아아아앙!
폭발과 빛과 어둠이 공간의 선을 따라 질주한다.
그것은 정확한 타원형을 그리고 있었다.
그 끝에 무언가의 머리가 피눈물을 흘리고 있었다.
"말 머리?"
아니다.
양쪽에 솟은 각진 뿔과 말답지 않은 날카로운 치아는 절대 말이 아니었다.
꺄아아아악!
피의 여인이 머리를 보며 비명을 질렀다.
꿰뚫린 공간이 도로 메워지기 시작했다.
점멸로 넘어갈 수 있나?
'애매해.'
그렇다면 방법은 하나뿐.
"잡아!"
"네, 네!"
스네이크의 손목을 휘어잡았다.
[번개화]
눈앞에 불규칙하게 튀어 오르는 길이 만들어진다.
길은 엄청난 속도로 작아지는 구멍을 빠져나갔다.
동시에 배경이 한차례 점멸했다.
"꺄악!"

스네이크가 짧은 비명을 내질렀다.

그녀는 갑작스레 벌어진 현상에 어안이 벙벙했다.

몸이 붕 뜨는 감각이 느껴지더니 영혼이 빠져나가는 불쾌감이 전신을 휘감았다.

그리고 정신을 차리니,

"바, 밖이다."

바깥에 나와 있었다.

스네이크는 당황한 눈으로 왼쪽에 놓인 거대한 검은 구체를 보았다.

본능적으로 저것이 자신들을 가두고 있던 새까만 공간이라는 걸 알 수 있었다.

"아, 알딘 씨……."

그녀가 떨리는 목소리로 불렀지만 아무도 대답하지 않았다.

"알딘 씨?"

재차 부르며 고개를 돌려 보았다.

그곳엔 아무도 없었다.

콰지지직!

요란스러운 천둥소리가 들려온 건 그때였다.

알딘이 히페리온의 얼굴에 주먹을 꽂아 넣고 있었다.

"뭐야······."

주먹이 꽂힌 히페리온의 얼굴이 축 늘어졌다.

"빈껍데기?"

후와아악!

히페리온의 육공이 열리며 새까만 연기가 흘러나왔다.

육체가 비어 있다.

마치 영혼이 빠져나간 것처럼.

아스칼론에 빛을 둘렀다.

전신에서 신성력을 일으키고 점멸을 사용했다.

시야가 어지러이 돌아가며 위치가 1초도 안 되는 순간에 바뀌었다.

"어떻게?"

히페리온의 당황 섞인 목소리가 들려왔다.

검은 구체의 꼭대기.

그곳에서 히페리온은 상반신만 내놓고 있었다.

빛으로 들어찬 두 눈을 희번덕 떴다.

광안으로 마력의 파장을 읽을 수 있는 내게 이런 눈속임 따위는 별것도 아니다.

"재밌는 수를 준비했더군."

"치잇! 아직 끝나지 않았어!"

구체의 위로 아까 보았던 뿔과 송곳니가 달린 말의 머리가 떠올랐다.

그 뒤로 피의 여인이 괴로운 듯 목을 부여잡고 있었다.

셀 수 없을 정도로 많은 핏방울이 그녀의 주변을 공전하듯 회전한다.

"크크큭! 혹시나 해서 챙겨 왔는데, 설마 진짜 이 지경까지 몰릴 줄은 몰랐다."

히페리온이 비열하게 웃으며 말했다. 무슨 개수작을 부리는지 모르겠지만,

"안 통해!"

지체 않고 아스칼론을 휘둘렀다.

그때 밑에서 스네이크의 외침이 들렸다.

"뒤!"

뒤에서 아무것도 느껴지지 않았다.

하지만 그녀의 외침을 묵살하지도 않았다.

번개화를 사용했다.

파지직!

무언가 물리력을 무시하는 번개의 몸을 뚫고 튀어나왔다.

공격까지 완전히 무시하는 건 아니었기에 HP가 20퍼센트 줄어들었다.

"어떻게 된 몸뚱이야!"

짜증 섞인 외침을 무시하고 시선을 아래로 내렸다.

흑색 창이 가슴을 비집고 튀어나왔다.

뒤를 돌아보자 머리 없는 몸뚱이가 창으로 나를 찌르고

있었다.

'이런 아이템이 있다고?'

커다란 검은 구체의 공간에 꺼림칙한 피의 여인과 요상한 머리, 그리고 머리 없는 몸뚱이까지.

전생에도 이런 아이템은 본 적도, 들은 적도 없었다.

심지어 한 아이템에서 나온 효과였다.

이건 아직까지 등장하지 않은 '신' 등급의 아이템과 맞먹을 정도였다.

'진짜 신급인가?'

확신할 수 없다.

많은 미래가 바뀐 이상 신급 아이템이 출현하지 않았을 거란 보장이 없었다.

그나저나,

'힘이 줄어든다.'

몸을 꿰뚫은 창 때문이 아니다.

그 전부터 지속적으로 능력치가 감소하고 있었다.

너무 미세해 느끼지 못했을 뿐.

어느 정도 줄어든 지금은 확실히 체감되었다.

아마도 저 피의 여인일 가능성이 매우 높다.

말 머리는 출현이 꽤 늦었으니까.

'스네이크가 베었지만 멀쩡히 되돌아왔어.'

어떤 조건을 클리어하지 않으면 소멸하지 않는다는 뜻

이다.

그럼 저 말 머리는 어떤 효과를 가지고 있을까?

이 검은 구체는 또 어떻고.

무엇보다 이렇게 많은 힘을 한꺼번에 꺼낼 수 있던가?

생각해 보면 신급 아이템들은 효과 하나하나가 엄청날 뿐이지, 모든 효과를 동시다발적으로 사용할 수 없었다.

그런 게 가능한 것은…….

"아!"

한 줄기 번개가 뇌리를 스치고 지나갔다.

한 가지 방법이 있다. 그리고 히페리온이라면 그걸 사용할 자격을 갖고 있었다.

그는 '둠스데이'의 여러 기둥 중 하나였으니까.

"너 그거 가지고 있구나?"

"갑자기 무슨 소리냐? 궁지에 몰리니 시간이라도 벌어 볼 작정으로 개소리를 뱉는 거냐?"

"새끼, 모른 척하기는. '카두케우스'의 레플리카 가지고 있잖아."

"……!"

카두케우스라는 이름이 나올 줄 몰랐는지 히페리온의 눈은 뽑힐 것처럼 커졌다.

그래, 그 지팡이라면 지금 현상이 설명된다.

"인과율 역전으로 아이템의 모든 효과를 끌어낸 거였어."

"네, 네놈이 그걸 어떻게?"

놀라는 것도 이해가 갔다.

카두케우스(레플리카)란 위대한 10주신 중 장난과 모험을 관장하는 헤르메스의 지팡이였다.

모조품이라도 진짜 카두케우스의 권능 일부를 사용하는 건 가능했다.

그중 '인과율 역전'이라는 권능이 있는데, 아이템이 가진 모든 효과를 동시다발적으로 사용할 수 있게 만드는 스킬이었다.

대신 인과율 역전의 시간이 끝나면 해당 아이템은 사용한 시간의 5배수만큼 사용할 수 없게 된다.

그런 걸 히페리온이 갖고 있는 이유는 '둠스데이'의 수장인 호조가 최초로 획득했기 때문이다.

나는 히죽 웃으며 왼손을 들어 올렸다.

"그건 네가 알 것 없고, 카두케우스를 이용한 거라면 해결하기 쉽겠군."

이럴 줄 알고 지금까지 아껴 두고 있었다.

"오랜만에 나와라, 쿠루쿠루."

쿠루루루!

허공에서 뿅 하고 쿠루쿠루가 나타났다.

이전과 변함없는 모습을 한 녀석은 기분 좋게 내 얼굴에 달라붙었다.

나는 쿠루쿠루를 떼어 내고 말했다.

"만져 주는 건 나중에 해 줄게. 그 전에 해 줘야 할 게 하나 있어."

"그, 그 펫은!"

히페리온이 쿠루쿠루를 알아본 듯했다.

알고 있었으면 대처를 똑바로 했어야지.

아니, 그를 탓하기엔 내가 카두케우스의 존재를 모를 거라 생각했을 것이다.

"아까 전까진 불안 요소가 너무 많아서 어쩔 수 없이 못 썼지만, 원인을 알았다면 아낄 필요가 없지. 그렇지, 쿠루쿠루?"

쿠루루!

"그렇다면 지워 버려. 싹 다."

쿠루루루루!

쿠루쿠루의 몸에서 마력이 풀려 나온다.

"웃기지 마! 이런 곳에서 몰락할 수는……!"

구체에 하반신이 박혀 있는 히페리온이 발버둥 쳤다.

도망치고 싶어도 자기 꾀에 자기가 걸려 버렸다.

[캔슬]

순백의 마력이 공터를 휩쓸었다.

검은 구체를 시작으로 피의 여인, 말 머리, 머리 없는 몸뚱이까지 모두 사라졌다.

히페리온의 눈에 절망이 드리운다.

"아, 안 돼!"

"돼!"

아스칼론이 히페리온의 목을 석둑 갈랐다.

✠ ✠ ✠

"시로네 님, 대주교께서 찾으십니다."

"예? 아, 예."

심부름 온 사제의 말에 시로네는 곧장 대주교의 집무실로 들어갔다.

"부르셨습니까?"

"한 가지 빼먹은 말이 있어서 말일세."

"무슨……."

"'꽃처녀의 피가 묻은 글래스'는 분명 인간에게 버림받은 성녀가 희생 아닌 희생으로 악마를 봉인하여 탄생한 것이지."

"그건 아까 전에 말씀하신……."

"하지만 마지막에 결국 자신만이 인간을 구원할 수 있다 여겼고, 그들의 생각과 행동을 용서해 죽는 그 순간 신격을 얻었다 전해지지."

"네?"

갑작스러웠지만 충분히 놀라운 이야기였다.

슬프기만 하던 이야기에 한 떨기 꽃이 핀 것 같았다.

뜬금없긴 하지만 예상치 못한 반전에 살짝 치유받는 기분이었다.

그런데 대주교가 이런 얘길 하려고 부른 건 아닐 것 같았다.

시로네의 생각은 정확히 들어맞았다.

"잔에 든 사념은 인간을 증오하는 마음이 저주가 되어 그대로 유지되고 있네. 대상이 인간이라면 한없이 쇠약하게 만들고, 당시 대륙을 침범한 악마의 머리가 공포를 내리며, 머리 잃은 육체가 창을 들고 공격하지."

"예. 그게 분명 잔의 효과라고……"

"그러나 그 저주를 이겨 내고 성물을 파괴한다면……"

대주교의 시선이 시로네에게 닿았다.

파란색 눈동자엔 한 종교를 이끄는 자로서의 신념이 담겨 있었다.

"그자는 진정한 빛을 계승하게 될 걸세."

"…그게 진짜인가요?"

"…라고 나는 알고 있네. 하하하! 한 번도 그 황금색 유리잔을 깨트린 적이 없는데 내가 어떻게 아는가? 책에 그렇게만 적혀 있을 뿐이야."

순간 허탈할 뻔했지만 대주교 정도 되는 NPC의 말은 신용할 만했다.

그녀는 감사 인사를 하고 집무실을 빠져나왔다.

그리고 곧장 알딘에게 말해 주려고 친구창을 연 순간,

"어……?"

알딘에게 먼저 연락이 왔다.

✟ ✟ ✟

"빌어먹을 사기꾼 새끼……."

알버트는 히페리온이 사라진 자리를 보며 이를 아득 갈았다.

자신만만하게 연락해 왔기에 믿어 보았다.

인지도도 제법 있어서 거액을 투자했다. 종종 써먹으려고.

그런데,

'단 한 놈에게!'

위치가 위치인지라 데리고 올 수 있는 길드원이 한정적이라고 했다.

그러려니 했다.

그렇다 해도 머릿수는 서른이 넘었으니까. 이 정도면 알딘 놈이라도 충분히 잡아낼 수 있을 거라고 믿었으니까.

아니, 반드시 그렇게 됐어야 정상이다.

상식적으로 하나에게 전원이 몰살당한다는 건 마뜩잖은

개소리였다.

준비하지 않았다는 건 인정한다.

알딘이 던전 하나를 통으로 함정으로 만들어 놨을 줄은 몰랐다. 그 누구도 시도해 본 적 없는 발상이었다.

정확히 말하자면 발상은 했을 수도 있다.

그걸 실행하지 않았을 뿐.

돈이나 시간, 그리고 끌어들여야 하는 적까지.

소모되는 것들이 너무 많다.

시뮬레이션 정도로만 그쳤을 것이다.

그런데 알딘은 실제로 해냈다.

'괴물이야.'

아까만 해도 분노밖에 느끼는 게 없었는데, 지금은 그가 탐났다.

홀리 가디언은 젖과 꿀이 흐르는 세계 최대의 블루오션이다. 패션 업계도 이곳에 눈독을 들이고 있었다.

그가 속해 있는 '오르메스' 역시 홀리 가디언 진출을 눈앞에 두고 있었다.

그곳의 메인 모델을 알딘으로 한다면 과연 어떻게 될까?

'오르메스'의 장인들이 직접 디자인한 갑옷을, 패셔너블한 일상복을 입고 화보를 찍는다면?

엄청난 명성을 가진 알딘이라면 대번에 대중들에게 각인될 것이고, 사내에서 자신의 입지는 비약적으로 커지리라.

'그렇게만 된다면… 망나니 타이틀도 뗄 수 있어.'

알딘의 압도적인 힘을 경험한 알버트는 더 이상 그를 원망하지 않았다.

그에게도 사업가적인 기질이 남아 있던 걸까?

반드시 그를 소유하겠다는, 그를 바탕으로 더 높은 곳까지 오르겠다는 야망이 피어올랐다.

물론 그것과는 별개로 알딘과 그 옆에 있는 스네이크는 전혀 다른 감정을 품고 있었다.

"결국 저지르셨군요."

"……."

스네이크가 차가운 눈으로 알버트를 내려다봤다.

4차원적이기만 했던 그녀였기에 찾아보기 힘든 의외의 모습이었다.

"제가 경고했을 텐데요. 이런 식으로 대책 없이 나오시면 재미없을 거라고."

"미안합니다."

"네네, 미안하시겠죠……. 음?"

비꼬는 말인 줄 알고 자연스럽게 대꾸한 스네이크가 눈을 크게 떴다.

옆에 있던 알딘 역시 마찬가지였다.

알버트가 두 사람을 번갈아 보았다.

"이제까지 있었던 일은 사소한 문제로 치부합시다. 어떻습니까, 알딘 씨?"

"…갑자기 존대를 한다고?"

갑작스런 태도 변화에 어안이 벙벙해졌다.

게임 속이기 때문에 알버트가 그들에게 굽힐 이유는 전혀 없었다. 그들이 보복한다 해도 진짜 죽는 것도 아니고.

오히려 그런 파워 싸움으로 간다면 대중에게 손가락질 당하더라도 이길 자신이 있었다.

스네이크의 '헝숑'이 요즘 핫한 브랜드로 떠오르고 있지만, '오르메스'는 그와는 차원이 다른 레벨의 하이엔드 명품 브랜드였으니까.

패션계에서 끼치는 영향력은 감히 세계적인 대부호가 와도 함부로 굴 수 없었다.

그런 그가 갑자기 저자세로 나온다.

알딘은 알 수 없는 껄끄러움에 피부가 오소소 돋는 느낌이었다. 스네이크도 마찬가지였는지 팔을 괜히 문지르고 있다.

"이 사람 갑자기 왜 이래?"

평소 같으면 얘라고 하겠는데, 지금은 그러질 못하겠다.

스네이크 또한 미묘한 표정으로 고개를 저었다.

"모르겠네요."

"이유는 별것 아닙니다. 알딘 씨의 모습에 반했다고나 할까요?"

"에엑?"

근육질의 거한이 일어나며 그리 말하자 오싹한 수준을 넘어 심장이 철렁했다.

알딘은 양팔로 가슴을 덮고 뒤로 후다닥 물러났다.

알버트가 호쾌하게 웃으며 고개를 젓는다.

"하하하! 그런 의미가 아니니 걱정 마시길. 저도 여자 좋아합니다."

"그, 그럼 무슨 뜻이죠!"

괜히 스네이크가 발작하듯 소리친다.

알버트가 알딘에게 다가가 손을 내밀었다.

"알딘 씨, 저희 오르메스와 전속 계약을 맺지 않으시겠습니까?"

"……?"

"……?"

그 순간 서로 마주 본 알딘과 스네이크의 얼굴에 경악이 떠올랐다.

✠ ✠ ✠

알버트는 대답을 기다리겠단 말만 남기고 마을로 사라졌다. 원래는 그를 두드려 패 줄 생각이었는데, 상황이 요상하게 돌아갔다.

스네이크가 옆에서 묻는다.

그녀의 표정은 전에 없이 어두웠다.

"진짜 전속 계약을 맺을 건가요?"

그러면서 귀여운 얼굴로 울먹거린다.

"연기하지 마라. 안 어울린다."

"쳇! 진짜 할 생각은 아니죠?"

금세 태도가 돌변한 스네이크가 직설적으로 물어 왔다.

솔직히 알버트가 한 제안이 그리 나쁜 건 아니었다.

당장은 눈에 띄는 결과물이 없다 하더라도 패션계 역시 홀리 가디언에 자연스럽게 안착하게 된다.

그도 그럴 게 홀리 가디언엔 제작 시스템이 있었다.

숙련도를 높이면 장인이 될 수 있고, 나중엔 마스터도 심심찮게 있었다.

"꽤나 돈이 짭짤하겠지? 거기 전속 모델을 하면."

내 기억으로 오르메스의 전속 모델은 '에반차'라는 최상위 랭커였다. 지금은 10위권에서 놀고 있는 것으로 아는데, 수려한 외모는 여자들이 선호할 정도로 뛰어났다.

소문으로는 계약금도 많이 받고, 현실에서 초고가의 오르메스 제품도 많이 선물 받았다고 알고 있다.

"꽤 끌리는 제안이기는 해."

"알딘 씨!"

"아잇! 깜짝이야! 네가 왜 소리를 쳐?"

"이이익! 몰라욧!"

스네이크는 빼액 소리치곤 그대로 스크롤을 찢어 버렸다. 붙잡으려고 했지만 그녀가 사라지는 게 더 빨랐다.

"아우, 진짜 말을 못하겠네."

성송이 아니라 오르메스와 고민한다고 해서 저러는 게 분명하다.

실은 날 좋아한다는 건 페이크고, 성송의 전속 모델로 쓰려는 속셈은 아닐까?

비주얼은 평범하지만 내 능력이 워낙 출중해야지.

나는 혼자 낄낄거리며 히페리온의 시체가 있던 곳으로 걸어갔다.

그곳엔 황금색 유리잔이 떨어져 있었다.

"새끼, 하필 떨어트려도 이런 걸 떨어트리냐."

카두케우스의 모조품의 힘을 빌렸다지만 저 유리잔이 가진 능력은 하나하나가 대단했다.

전생에 들어 본 적조차 없는 아이템.

고개를 숙여 유리잔을 들어 올렸다.

그 순간 쩍! 하는 소리가 들렸다.

"잉?"

방금 전까지만 해도 멀쩡했던 유리잔에 균열이 번지기 시작했다.

"뭐가 어떻게 된 거지?"

내구도가 다했나?

지금 이 순간에?

운도 지지리 없지!

상당히 좋은 아이템이라 싱글벙글 모드였는데, 한순간에 축 처졌다.

"에잉, 짜증 나네."

혀를 차며 유리잔을 바닥에 던졌다.

그리고 뒤도 돌아보지 않고 걸음을 옮긴 순간,

[잠들어 있던 '신성력'이 깨어납니다.]

알 수 없는 알림음이 귓가를 파고들었다.

휙, 몸을 돌려 알림음의 정체를 확인했다.

눈부신 백광이 전신을 덮쳐 온다. 팔로 얼굴을 가렸지만 그 틈을 뚫고 빛이 새어 들어왔다.

'무슨 일이야?'

[신화가 자유롭게 세상을 노닐던 시절, 한 여인이 있었습니다.]

공간이 일그러지며 풍경이 변화한다.

푸른 잔디밭 위로 하얀 드레스를 입은 청발의 여인이 웃으며 뛰어다니고 있다.

그녀는 누구보다 자유로워 보였고, 행복해 보였다.

하늘이 어둠으로 물든다.

푸르던 잔디밭은 순식간에 불타고, 끔찍한 마기가 창궐

하기 시작했다.

익숙한 머리와 몸뚱이, 그리고 창이 눈에 들어왔다.

크와아아아아!

말을 닮은 악마가 울부짖었다.

사람들은 도망쳤고, 사제들은 신의 힘을 빌려 악마와 맞섰다. 의미가 없었다.

다시 장면이 전환된다.

수많은 시체가 불타는 대지 위를 피로 적신다.

청발의 여인은 더 이상 웃고 있지 않았다. 그녀가 뒤를 돌아보았다.

많은 사람들이 표독스러운 눈으로 여인을 노려보고 있었다. 몇몇은 욕을 하듯 소리 없는 아우성을 토해 냈다.

여인이 떨리는 손으로 유리잔을 들어 올렸다.

'그 잔이다.'

낯익은 잔 위로 갈라진 손가락에서 나온 피 한 방울이 뚝 떨어졌다.

먹구름 가득 낀 하늘이 갈라졌다.

천상의 빛이 쏟아지며 무수히 많은 그림자가 그곳으로 고개를 내민다.

악마가 여인을 향해 창을 휘둘렀다.

그러나 창은 쏟아진 빛에 의해 막혔고, 여인이 몸을 쫙 펴며 잔을 떨어뜨리자,

크어어어억!

악마의 전신 육공에서 새까만 피가 잔 안으로 빨려 들어갔다.

그때 한 남자가 거검을 휘둘러 악마의 목을 베어 냈다.

여인의 신형이 흐릿해진다.

하늘이 갈라지며 그녀의 육체는 먼지처럼 바스라졌다. 악마가 사라졌고, 여인의 육체를 이루었던 가루들이 유리잔을 뒤덮었다.

그리고 하늘엔 열렸을 때와 동등한 빛이 터져 나왔다.

저 빛은!

"반가워요."

등허리에 힘이 들어갔다.

목덜미가 찌릿찌릿한 것이, 미묘한 오싹함이었다.

목소리가 들린 곳으로 고개를 돌렸다.

그곳엔 청발의 여인이 서 있었다.

"당신……."

"설마 그 사람의 후인이 잔을 깰 거라곤 생각도 못했는데."

"예?"

여인의 알 수 없는 말에 고개를 갸웃거렸다. 그 사람의 후인이라는 말은 오델론을 안다는 것인가?

"예상하시는 대로예요. 같은 시대를 살진 않았지만, 아시다시피 그는 불멸의 형벌을 치르고 있잖아요. 그래서 오다가다 몇 번 봤어요."

그녀의 말은 앞뒤가 맞지 않았다.

보아하니 그녀가 영상에서 보여 준 이적은 신성과 맞닿아 있는 것이었다.

그런 사람이 오델론과 오다가다 몇 번 봤다?

웃기는 소리다.

빛을 추종하는 자들은 오델론을 생리적으로 혐오할 수밖에 없다.

"생각을 읽진 못하지만 얼굴에 무슨 생각을 하시는지 뻔히 보이는군요."

"설명이 필요합니다만."

"사실 저도 얘기만 들었어요. 실제로 만난 적은……. 음, 딱 한 번 있군요."

"어떻게……."

"제가 신격을 이루었을 때 그가 제 앞에 나타났어요. 비록 허상이긴 했지만."

신격?

어쩐지.

그 빛은 예전에 몇 번 본 적이 있었다.

대부분 메인 스트림의 진행 도중이었는데, 강대한 힘을 가진 조력자들이 신격을 얻었을 때 터져 나오곤 했다.

"죽는 그 순간 신격을 얻으신 건가요?"

"하하! 깨달음은 꼭 그런 순간에 오더라고요."
"죽음을 못 피한 거군요."
"못 피했다는 말은 어폐가 있군요. 지금의 저는 살아 있답니다?"
"념(念)일 뿐이잖아요."
"하하! 그분의 후인답군요. 맞아요. 저는 유리잔 안에서만 살아갈 수 있는 몸이죠. 그곳이 제 성역(聖域)이기도 하고요."
"그래서 방금 제가 본 것들은 뭡니까? 그리고 그 유리잔의 능력도 성역이라기엔 너무……."
"쉽게 말해 유리잔의 힘은 제가 깨달음을 얻기 전 스며들었던 잔념이고, 그게 깨지면 제 본신이 드러난다고 보시면 돼요."

그러니까-

유리잔에 담겨 있던 힘은 신격이 되기 전 증오와 분노로 덮여 있던 형태라는 말이다.

유리잔이 마감되는 그 찰나의 순간 신격이 된 것이고.

아이러니한 일이었다.

재밌는 설정이기도 했고.

"그렇군요. 그럼 본론으로 넘어가서, 제 앞에 나타나신 이유는?"
"유리잔은 제 성역이라고 했잖아요?"

"네."

"근데 그 성역이 깨진 이상 제가 머물 곳이 사라졌어요. 더 이상 현상 유지를 할 수 없게 된 거죠."

"소멸… 한다는 말씀?"

"비슷하죠. 하지만 그거야말로 제가 원했던 것."

싱글싱글 웃기만 하던 여인이 처음으로 표정을 굳혔다.

"어쩌면 당신이야말로 제가 찾던 사람일 수도 있겠어요."

"무슨 뜻인지……."

"보면 알아요. 빛과 어둠의 사랑을 받는 오델론의 후인이여."

팟!

몸이 아래로 떨어진다.

팔다리를 버둥거렸지만 추락 속도는 가속되기만 했다.

대체 무슨 짓이냐고 항의하고 싶었지만 입이 벌어지지 않는다.

그저 장님이 된 것 같은 빛무리가 나를 반길 뿐이었다.

[고독한 신격의 선택을 받으셨습니다.]

[칭호 '용서하는 자(신급)'을 양도받았습니다.]

[당신의 몸 안에 '구원의 신력'이 머뭅니다.]

['뇌전의 신력'과 '구원의 신력'이 상호작용을 시작합니다.]

[모든 능력치가 1.5배 상승합니다.]

[플레이어 '알딘'이 최초로 신격을 이루었습니다.]

[칭호 '반신격(최하급)'을 획득했습니다.]

전신이 갈라지며 탈바꿈되기 시작했다.

전생에도 경험해 본 적 없는 환골탈태에 고양되는 기분을 느꼈다.

그 기분을 만끽하고 있을 때, 소름 끼치는 알림음이 귓가를 울렸다.

[오델론이 당신을 주시합니다.]

아니, 당신이 거기서 갑자기 왜 나와?

실체가 눈앞에 나타난 건 아니지만 그 존재감은 명확하게 있었다.

흐드러지게 쏟아지던 빛이 단수(斷水)된 것처럼 뚝 끊겼다.

몸으로 흘러 들어오던 신격을 누군가 손으로 붙잡은 것처럼 더 이상 들어오지 않는다.

"유치한 짓은 그만두시죠."

-흥! 내 힘을 이은 주제에 잘도 타 신격을 몸에 들이는구나?

"뭐 어떻습니까? 닳는 것도 아니고."

-말이나 못하면.

신격을 붙잡고 있던 힘이 풀어졌다.

비록 완연한 신격은 아니었지만 반신격이라도 내겐 소

중한 것이었다.

아닌 게 아니라 지금 시기에 반신격을 얻을 수 있는 유저는 존재하지 않았다.

아니, 내가 죽을 때까지 반신격을 얻은 유저는 채 스물이 되지 않았다. 그런 걸 지금 시기에 뜬금없이 손에 넣게 되었다.

어찌 소중하지 않을 수가.

이 말도 안 되는 기연은 아무리 전인이라 할 수 있는 오델론이라도 막지 못한다.

다시 쏟아지기 시작한 빛이 내 몸 안에 가득 찼을 때, 압도적인 충만감이 전신을 지배했다.

"하!"

이게 신격이라는 거구나.

게임상일 뿐인데도 느껴지는 충만감은 인간의 3대 욕구와 대등하다.

-쯧! 아주 별난 신격이로군.

존재감만 있던 오델론의 신형이 허상을 갖추기 시작한다.

실재하는 것이 아니기에 몸은 반투명했다.

오델론은 특유의 붉은 눈동자를 번들거리며 말했다.

-미리 경고했어야 하는 것인데.

"흐흐흐…… 무엇을 말입니까? 이렇게 기분이 좋은데."

나는 헤벌쭉한 얼굴로 대꾸했다.

정신이 반쯤 나간 것 같지만 날아갈 것 같은 황홀감은 중독성이 있었다.

오델론이 혀를 차며 고개를 저었다.

저 사람은 왜 자꾸 저리도 부정적이게 굴까?

나름 제자라고도 할 수 있을 텐데, 남의 신격을 획득한 게 그렇게도 배알이 꼴리나?

예전이라면 이런 말을 뱉을 수 없었겠지만 지금은 왠지 용기가 차오른다.

"아니, 내가 신격을 얻은 게 그렇게 부럽습니까?"

-뭐라?

"당신도 그 뭐냐, 신격은 아니더라도 신격에 준할 정도로 강하지 않슴미깟!"

-이게 미쳤나…….

평소라면 오델론의 입에서 이런 험한 말이 나오지 않았을 것이다.

그걸 떠나 평소의 나라면 속으로만 삭이고 이런 미친 발언을 절대 안 했겠지.

그런데 반신격이라고는 하나 신격이란 힘이 내게 용기를 북돋아 준 모양이다.

"맞잖습니까! 사람이 말이야, 쩨쩨하게. 몇천 년 살았더니 꼰대라도 되신 거 아니……. 꾸웩!"

가슴을 두드리는 묵직한 뭔가에 말은커녕 숨도 제대로

쉬지 못하고 바닥을 굴렀다.

통증은 크지 않았지만 머리가 확 맑아지는 느낌이었다.

오델론이 한심하단 목소리로 타박했다.

-신격을 얻을 때의 고양감마저 견뎌 내지 못하는 한심한 놈이었구나.

"고, 고양감?"

그러고 보니 내가 생각해도 좀 과할 정도로 기분이 들뜨긴 했다. 그렇지 않고서는 방금 같은 행동은 못할 테니까.

나 새끼 무슨 짓을 한 거냐!

"흠흠……."

-정신이 돌아왔나 보구나.

"예, 뭐……. 정신이야 원래 정상이었지만요."

-이 정도 선에서 그친 걸 보면 영 한심한 건 아니로군.

말뜻을 이해 못했다.

이 정도 선이란 게 대체 무슨 뜻이지?

-보통은 그 상태가 평생 유지되거나 미친다는 소리다. 한심한 머저리 후인아.

"그렇다고 한심한 머저리 후인은 너무 심하지 않습니까?"

-시끄럽다. 그나저나 유리잔에 성역을 구축하다니, 그 여자도 대단하군.

"만난 적 있다면서요? 아니, 만난 건 아닌가."

-'접촉'했었지. 오래전에.

그 당시에 나는 신격이란 신격은 모조리 죽이고 다녔었으니까.

"……."

뭔가 섬뜩한 말을 들은 것 같지만 무시하도록 하자.

"그렇군요."

-아무튼 뭐, 네놈이 이미 신격을 받아들인 이상 어쩔 수 없지. 우리와 상성이 나쁜 종류도 아니고.

"상성 말입니까?"

-그래. 아까 전 신격에 취했을 때 네놈이 그러지 않았나. 신격은 아니더라도 신격에 준할 정도로 강하지 않냐고.

"그, 그런 말을 했었나?"

나는 괜히 딴짓을 하며 기억나지 않는 척했다.

오델론이 가소롭다는 얼굴을 했지만 굳이 타박하진 않았다.

-미안하게도 나는 신격이다. 굳이 너한테 말할 필요성을 느끼지 못했을 뿐. 정확히는 제공된 인과율을 넘어서는 발언이었지.

"예에?"

빛의 사랑을 받았지만 어둠을 택한 귀인이 바로 오델론이었다.

하나 그가 신격을 얻었다는 얘기는 전생에도 듣지 못했다.

아니, 전생 때 알던 것보다 지금 아는 것이 수배는 더 많으니 아예 몰랐다는 게 맞으리라.

-그녀의 신격의 성질은 구원. 나는 조화의 신격을 가지고 있다.

"…조화?"

분노나 광기의 신격도 아니고 갑자기 조화라고?

믿기 힘든 말이었다.

그도 그럴 것이 오델론은 광전사들의 기원이 되는 존재였다.

신격이란 것도 놀라웠지만 그 근원이 조화에 있다는 사실이 더 놀라웠다.

오델론이 대수롭지 않게 말을 이었다.

-쉽게 생각해 봐라. 빛과 어둠은 하나가 될 수 없는 거력이다. 그런 걸 인간의 몸으로 견딜 수 있다고 보나?

"당신은 초월자잖습니까?"

-그 이전엔 인간이었다.

일리 있는 말이다.

2차 전직 과정에서 보았던 영상 속 오델론은 국가에 소속된 빛의 기사였다.

한낱 필멸자였다는 뜻이다. 그리고 어둠을 받아들이며 거대 괴수를 죽였다.

"그럼 그 과정에서 신격을?"

-아니, 신격을 이룬 건 그로부터 꽤 흐른 후였다. 그때의

난 광기에 범벅된 괴물이었지.

"지금도 미쳐 있는 건 마찬가지잖아요."

언뜻 멀쩡해 보이지만 오델론은 광기의 화신이다.

그저 초인적인 인내심으로 그것을 억누르고 있을 뿐이다.

광기가 해방된다면,

'전생에 그가 악마 군단을 휩쓸던 때의 모습이 되겠지.'

미친 듯이 웃으며 적군을 도륙하는 초월자.

천공섬에서 나는 그 단면만 얼핏 확인했을 뿐이다.

-말을 막 하는구나. 머리 좀 컸다, 이거냐?

"본인이 직접 그리 말했었으면서……."

-시끄럽다. 하여튼 그 부분에 대해선 네가 알 거 없다. 정 궁금하면 더 강해져라. 인과율이 허용된다면 자연히 알게 될 테니까.

그 말에 고개를 끄덕였다.

"그런데 고작 이것 때문에 찾아오신 겁니까?"

-고작 이거라기엔 네 상태가 매우 심각했다마는.

"크흠!"

-네가 얻은 신격이 만약 조화와 상반되었더라면 아마 내가 직접 뽑아냈을 것이다.

무서운 소리를 아무렇지 않게 한다.

오한이 든 것처럼 몸을 떨자 오델론은 평소처럼 시크하게 돌아섰다.

그리고 획- 불어오는 바람과 함께 사라졌다.

동시에 그의 목소리가 나부끼는 잔바람처럼 귓가에 머물렀다.

-다음부턴 이런 기분 나쁜 곳에 날 부르지 마라.

기분 나쁜 곳?

무슨 의미인지 몰랐지만 금방 이해할 수 있었다.

이곳은 10주신 중 일좌를 차지한 '칼로소가 머문 곳'이었다.

10주신에 대적하는 그가 이곳을 탐탁지 않게 여기는 건 당연했다.

그보다,

"자기가 찾아왔으면서……."

남 탓 오져 버리네.

"원래대로 돌아왔다."

그가 사라지자 신격의 양도를 위해 유지되고 있던 순백의 공간이 사라졌다.

"엄청난 걸 얻었어."

나중에 얻을 신격을 대충 생각해 놓긴 했다.

그러나 그것도 레벨이 500에 도달했을 때의 얘기였다.

애당초 최초로 신격을 얻는 유저의 레벨이 600대였다.

그만큼 얻기가 하늘의 별 따기인데, 300레벨도 안 된 시점에 손에 넣고 말았다.

이럴 때는 보통 이런 말을 사용하곤 하지.
"개꿀."

✤ ✤ ✤

정리를 끝내고 '칼로소가 머문 곳'을 빠져나왔다.
시원한 바람이 상쾌하게 몸을 훑고 지나갔다.
또 하나의 소동이 이렇게 끝을 고했다.
내게 아주 많은 것들을 선물하고.
"일단 마을로 돌아가 볼까?"
발걸음을 막 떼던 그때.
전투가 벌어지기 전, 나에게 위험을 경고해 주었던 시로네가 떠올랐다.
그녀의 경고를 따르기도 전에 유리잔의 효과가 발동해 경고가 무색해지긴 했지만,
'감사 인사는 해야겠지?'
시로네가 어떻게 히페리온이 나를 노리는 걸 알게 됐는지는 모르겠지만, 내게 알린 걸 보면 같은 편은 아니다.
그녀와의 관계는 영 좋지 못했지만 사람으로서 도리가 있지.
어쩌다 다시 친구 추가를 맺게 되어 친구창에 그녀의 이름이 떠 있었다.
통신을 걸었다.

뚜르르르-

짧은 신호음이 이어졌고, 달칵 소리와 함께 떨리는 음성이 들려왔다.

(여, 여보세요…….)

목소리만으로 긴장한 기색이 역력하다.

그날의 기억이 떠오르며 현실과 겹쳐진다.

우리에게 그때의 기억은 별로 좋지 못했다. 씁쓸하고, 안타깝고, 슬펐다.

평생을 못 볼 줄 알았다.

간간이 소식 정도만 들을 수 있을 거라 생각했는데, 현실은 야속하단 말이 맞는 것 같다.

이렇게 다시 통화를 하게 됐지 않은가.

"알딘입니다."

(아……. 예. 알고 있어요.)

"고맙다는 말을 하고 싶어서 연락드렸어요. 이 말은 꼭 해야 사람의 도리를 다하는 것 같아서."

(그렇게 말씀하시는 걸 보니 승리하셨군요?)

"네."

(다행이……. 아, 아니에요. 그냥 그 사람에게 안 당하신 게 다행이라고…….)

시로네는 변명하듯 말을 길게 늘어트렸다.

피식 웃음이 나왔지만 그 소리가 통신에까진 전해지지

않았다.

"이 말 하려고 연락드렸습니다. 그럼 이만……."

이 이상의 대화는 부질없다.

서로의 감정만 안 좋아질 뿐이다.

그런데 이렇게 생각하는 건 나뿐이었나 보다.

(잠시만요!)

그녀가 돌연 버럭 소리쳤다.

홀리 가디언의 통신은 일종의 텔레파시라 머릿속에서 울린다.

갑자기 큰 소리를 듣자 뇌가 쩡- 하고 울리는 것 같았다.

"왜, 왜요?"

(그… 진짜 저한테 고맙나요?)

"가짜로 고마운 것도 있습니까?"

(그렇긴 한데…….)

"하실 말씀이라도?"

(저, 정 고마우면 밥이라도 한 끼 사세요!)

그 요구에 나는 화들짝 놀라 버렸다.

아무리 그래도 그렇지.

우리 관계를 돌이켜 보면 얼굴 맞대고 밥을 먹는 건 서로 체하자는 것이다.

'설마 이 사람, 아직도……?'

반년이란 시간이 흘렀다.

그 정도면 짝사랑의 감정은 무뎌지기 마련이었다.
 사람마다 다르기야 하겠지만, 그렇다 해도 우리가 몇 번이나 만나 봤단 말인가?
 그렇게 오래 유지될 감정은 아니라고 생각했었다.
 '근데 그게 아니었나 보네.'
 역시 사람의 마음은 함부로 재단할 수 없다.
 그러나 그녀의 요구를 들어줄 수 없었다.
 "죄송합니다."
 (…밥 한 끼도 못 먹나요?)
 "죄송합니다."
 (하아…….)
 깊은 한숨 소리에 절로 어깨가 움찔했다.
 아닌 말로 밥 한번 먹으면 그만이다.
 그러나 그게 여지가 된다면?
 이미 스네이크와 그런 식으로 얽혀서 깔끔한 끝을 못 내고 있는 상황이다.
 한 번 실수했으니 두 번은 하지 말아야지.
 "좋은 인연이 분명 나타날 겁니다. 멋진……. 아, 아닙니다."
 순간 멋진 여성이라고 말할 뻔했다.
 처음 만났을 때부터 쭉 애 같던 그녀에게 그런 말은 조금 안 어울린다.
 그렇다고 귀엽다고 하자니 그런 발언 또한 지금 상황에선 위험하다.

(수고하세요……)

힘없는 목소리와 동시에 뚝- 하고 통신이 끊겼다.

"이걸로 된 거야."

다시 이어질 뻔했던 인연은 여기에서 끝났다.

✤ ✤ ✤

…라고 생각했건만.

"안녕하세요?"

"…당신이 왜 여기에?"

며칠 후, 시로네가 떡하니 내 눈앞에 나타났다.

더 무서운 것은,

"이 여자는 누구예요?"

스네이크가 옆에서 고운 미간을 찡그리고 있었다.

'염병……'

내 인생…….

제53장

용사

사건의 발단을 좀 떠올려 보자.

시원하게 던전 몇 개를 털어 먹고, 1레벨을 올린 뒤 막 마을로 온 참이었다.

아니, 더 과거 시간대로 거슬러 올라가 보자면 히페리온의 '궁니르'를 무너트린 게 지금으로부터 나흘 전.

씁쓸함을 뒤로하고 눈앞의 할 일부터 후딱후딱 해치웠다.

겸사겸사 스네이크와 알버트 관련으로 이런저런 회의 아닌 회의를 진행했다.

알버트는 근래 들어 나를 집요하게 쫓아다녔는데, 어제는 억지로 내 주머니에 자기 명함을 찔러 넣고 사라졌다.

그 문제로 스네이크가 자기랑 상의(라 쓰고 칭얼댐이라

읽는다) 좀 하자고 해서 만나고 있었는데…….

"알딘 씨, 이 여자 누구냐니까요?"

"그러는 그쪽은 누군데요?"

시로네 특유의 차가운 시선이 스네이크에게 향했다.

그러나 스네이크 역시 만만찮은 인상의 소유자.

특히나 흑발과 대치되는 백인 특유의 하얀 피부는 카리스마를 유발했다.

이렇게 말하고 보니 조금 닮은 것 같기도 하다.

인종만 다를 뿐.

"그… 시로네 씨, 여기는 어쩐 일로……. 혹시 교단에서……."

"여기 계시다는 얘길 듣고 온 건데요."

"누가요?"

"당신이요."

"저?"

"네."

한숨이 새어 나오려는 걸 간신히 참아 냈다.

그날 못을 꽤 세게 박아 뒀던 것으로 기억한다.

속이 매스꺼워 헛구역질이 나올 것 같았다.

잠시 눈을 감았다.

그러는 사이 두 여인네가 서로를 째려봤다.

"뭐, 옛 연인 그런 건가요?"

스네이크의 목소리가 거슬린다.

마치 네가 내 현 연인이라는 것처럼 들리잖아?
아니나 다를까.
"당신은 지금 알딘 님이랑 사귀시나요?"
"맞아요!"
"맞을래?"
"…그렇게 될 거예요!"
내가 태클을 걸자 스네이크가 자연스럽게 말을 바꾼다.
영악한 녀석.
시로네가 눈을 가늘게 뜬 채 나를 본다.
"셀리느 님은요?"
"아직 연락 잘하고 있어요."
"그럼 이 여자는 대체 뭐예요?"
"비즈니스 파트너."
"우리가 왜 비즈니스 파트너예욧!"
스네이크가 답지 않게 꽥 소리쳤다.
이 4차원 여자는 언제부턴가 나를 굉장히 편하게 대하기 시작했다. 그 전부터 편하게 대하고 많이 놀려 댔지만, 그때보다 더 편해졌다.
그녀의 얼굴을 옆으로 밀어냈다.
"전에 말씀드렸을 텐데요."
"기억하고 있어요."
"제겐 셀리느가 있어요."

"옆에 다른 여자를 끼고 잘도 그런 말을 하시네요."
그것참, 정곡을 꽤 날카롭게 후비시네.
하지만 내 마음은 단호하니 딜이 크게 들어오지 않았다.
"비즈니스 파트너라니까요."
"왜 우리가 비즈니스……. 읍읍!"
"좀 닥치고 있어 봐."
주둥이를 틀어막고 뒤로 밀어 버렸다.
시로네는 그 광경을 보며 어깨를 으쓱할 뿐이다.
"진짜 감정은 없으신가 보네요."
"있었으면 이렇게 못 대하겠죠."
"그럼 경쟁자는 아니라는 얘기네요."
"경쟁자 같은 소리 하지 마시죠?"
이 오뚝이 같은 녀석은 어느새 다시 내 옆에 와 서 있었다.
그녀는 제 풍만한 가슴 아래 양팔을 모으고 도도한 시선으로 시로네를 내려다봤다.
키가 반 뼘 정도 더 크니 그 광경이 생각보다 시로네에게 굴욕적일 것 같았다.
물론 시로네가 진짜 굴욕을 느끼고 있진 않았다.
그녀의 뻔뻔함을 고작 저 정도로 짓누를 수는 없다.
"무거운 거 들고 다니시네."
"뭐든 큰 게 좋죠."
"적당한 게 제일이죠."

"아니, 여기서 그런 민망한 말싸움은 하지 말고……. 내가 다 부끄러우니까."

두 여인의 시선이 내게 닿는다.

왠지 불길한 느낌이 들었다.

말하기 아주 껄끄럽고 어려울 듯한 질문이 날아들 것 같다.

나는 시선만 하늘로 들었다.

먹구름이 낀 것이 내 앞날을 예견하는 모양새다.

'튀자.'

머리 아픈 건 싫다.

할 말 다 했으니 여한은 없다.

나는 점멸을 사용했다.

"아앗!"

"알딘 씨!"

휘잉-

알딘이 있던 자리에 휑한 바람만 스쳐 지나갔다.

✥ ✥ ✥

알딘이 '칼로소가 머문 곳'에서 막 히페리온을 쓰러트렸을 때.

가이덴은 흘러가는 구름을 보며 한숨을 내쉬었다.

어쩌다 이렇게 됐을까…….

사람의 감정이란 게 참 우습다.

만난 지 며칠밖에 안 된 여자에게 빠져서 믿고 따르던, 어쩌면 내 앞날의 등불이 되어 줄 형님에게 등을 돌리고 말았다.

'등을 돌렸다는 표현은 조금 이상한가?'

누군가 들으면 배신했다는 것처럼 들릴 테니 정정.

연락을 끊었다.

질투심을 느꼈기 때문이다.

하지만 그건 또 다른 기회라고 생각했다.

가이덴이 빠졌던 여자, 시로네에게 공식적으로 연인이 없다는 증거였으니까.

자신이 잘만 한다면 그녀 옆에 설 수 있다, 이런 허무맹랑한 생각을 가지고 말았다.

큰 실수였다.

덕분에 2마리 토끼를 다 잡긴커녕 모두 놓쳐 버렸다.

최근에 형님과 다시 연락했지만 그 사람도 알고 있을 것이다.

자신의 찌질함에 대해서.

심지어 얼마 전엔 연모하던 시로네가 다시 형님을 찾는 사태가 발생했다.

그리고 또 실수했다.

"젠장……."

가이덴은 바닥에 드러누웠다.

이슬을 머금은 잔디들이 축축하다.

"나란 놈은 병신이야."

이럴 거면 휴학하지 말걸.

사랑에 눈이 돌아 시로네에게 집중하자는 생각에 휴학 신청을 해 버렸다.

집에서 얼마나 욕을 들어 처먹었는지 모르겠다.

아버지는 멍청한 자식 놈을 죽이겠다며 야구방망이를 들었는데, 도망치느라 진을 다 뺐다.

요즘 세상에 휴학 좀 할 수도 있지.

"돈이나 벌자."

홀리 가디언이 돈벌이가 안 됐다면 정말 죽었을 수도 있다.

자신의 직업에 감사하며 그는 엉덩이를 털고 자리에서 일어났다.

"그러고 보니 이걸 확인 안 했었네."

가이덴은 인벤토리에서 배지 하나를 꺼냈다.

일주일 전쯤 진행했던 던전을 완전히 공략하고 얻은 물건이었다.

던전의 이름은 '이름 모를 누군가가 잠든 곳'으로 떡밥 무성할 것 같은 이름과 달리 별것도 없었다.

이상한 건 배지를 얻은 사람이 자신뿐이라는 것이다.

당연히 파티엔 말하지 않았다.

어차피 한 번 보고 말 사이.

괜한 걸 얘기해서 불안 요소를 만들 필요는 없다.
"감정."
배지의 상태창이 허공에 떠올랐다.

[용사 '르보'의 배지]
신화시대, 천지를 가르는 대전쟁 속에서 인류를 위해 희생한 위대한 용사 '르보'가 생전에 소유한 배지다. 배지의 힘을 사용한다면 그의 묘비가 있는 곳으로 안내할지도…….

"……!"
남자라면 응당 판타지를 좋아한다.
그리고 홀리 가디언은 판타지 세상이었다.
가이덴은 홀리 가디언 사이트에 적혀 있는 모든 스토리를 읽은 적이 있었다.
그곳엔 신화시대에 대한 언급이 있었고, 신적 존재에 맞서 인류를 보살핀 일곱 영웅에 대한 얘기도 있었다.
그중에서도 용사로 드높은 자가 있었으니, 그가 바로 르보였다.
"배지의 힘을 사용한다면 르보의 무덤으로 갈 수 있다라……."
엄청난 모험의 냄새가 나지 않나.
그런데 배지의 힘을 어떻게 사용하는 건지 모르겠다.
가이덴은 배지에 마력을 불어넣었다. 당연하지만 아무

런 반응이 없었다.

그렇다면 상호작용하는 뭔가가 필요하다는 건데.

그것도 '이름 모를 누군가가 잠든 곳'에 있지 않을까?

'이름 모를 누군가가 설마 르보?'

설마 싶었지만 그건 아닐 것이다.

배지가 그곳에서 나왔으니 타당한 추론이지만, 설명에 나온 정보에 따르면 묘비라 정확히 명시되어 있다.

그곳에서 묘비로 보이는 것은 발견하지 못했다.

던전의 맵까지 완벽하게 제작했으니 못 가 본 곳이 있을 리 없다.

"르보의 배지를 누군가 가지고 그곳에서 잠든 거야."

이 편이 좀 더 정확하리라.

가이덴의 입가에 미소가 번졌다.

가뜩이나 기분이 안 좋았는데, 이렇게 좋은 일도 생긴다.

그가 히죽이며 던전으로 향했다.

파티를 구할까 했지만 그러지 않았다. 모든 건 혼자 독식해야 의미가 있는 것이다.

✟ ✟ ✟

두 사람을 피해 도시 외곽으로 도망친 나는 지친 얼굴로 벤치에 앉았다.

"하아……."

살다 살다 여자 문제로 이렇게 힘들어 보기는 또 처음이다.

이걸 기뻐해야 할지, 나빠 해야 할지 모르겠다.

양팔을 등받이에 올리고 고개를 뒤로 젖혔다.

보는 사람도 없으니 다리도 대자로 쫙 벌렸다.

편하다.

'이대로 조금만 있다가 다시 뛰러 가자.'

요즘 다시 사냥에 맛 들렸다.

모두 신격 덕분이었다.

[칭호:용서하는 자(신급)]

모든 능력치 50퍼센트 상승

신성력 보유량 40퍼센트 상승

인내심 200퍼센트 상승

특수 사항:

세상 모든 것을 용서할 수 있는 성격(聖格)을 획득함으로써 모든 존재가 당신을 존중합니다.(단, 절대악 성향의 존재들에겐 미움을 받을 가능성이 높습니다.)

당신이 거니는 길에 존재하는 모든 생명이 활력을 느낍니다.

분노와 증오, 시기, 질투 등이 뒤섞인 존재에겐 그 사악한 감정을 주눅 들게 해 힘을 절감시킵니다.

당신이 상대를 용서하지 않는 태도를 고수할 경우 누적 수치에 따라 칭호의 효과가 급감, 최악엔 박탈당할 수 있다는 사실을 유의하시길 바랍니다.

때론 죽음이 최고의 용서가 될 수 있습니다.

첫째로 신급 칭호인 '용서하는 자'.

마지막에 상당한 제약이 걸려 있긴 하지만 제약만 지킨다면 엄청난 힘을 발휘하는 칭호였다.

전생을 통틀어도 신급 칭호를 가진 이는 신격을 취득한 이보다 적었다.

신급 아이템보다도 그 수가 적었으니, 말해 봐야 입만 아프리라.

[칭호:반신격(최하급)]
성질:구원(救援)
특수 사항:
구원의 신력을 다룰 수 있음
구원의 신력 사용 시 모든 능력치가 30퍼센트 상승

[구원의 신력]
성녀 아리타가 최후의 순간 인류애를 깨닫고 그들을 용서함으로써 획득한 '구원의 신격'의 신력이다. 현재는 '알딘'에

게 소유권이 넘어간 상태이며, 온전한 신격을 감당하기 전까지 수준에 맞춰 격이 격하된 상태다.

구원의 신력 사용 시 세상의 다친 모든 것을 회복시켜 주는 오오라가 뿜어져 나온다.(형태의 유무를 가리지 않고 회복시킨다.)

상처 입히는 것의 힘을 약화시킨다.

상처 입히는 것과 전투 시 공격력과 방어력이 크게 증가한다.

두 번째가 바로 이 반신격(최하급).

비록 최하급에 완전한 신격을 허락하지 않은 칭호였지만, 그 효과는 과연 신의 격을 논해도 부족하지 않았다.

또한 성장형 칭호라 내 수준이 올라갈수록 칭호의 등급은 오를 것이고, 최후엔 완전한 신격이 될 수도 있다.

'모든 유지 중 진짜 신격이 된 건 아무도 없었어.'

그 제로스조차 반신격(최상급)까지밖에 오르지 못했다.

물론 그가 완전한 신격이 되는 건 시간문제였기에 크게 의미가 없긴 하다.

아무튼 두 칭호와 1.5배 능력치 상승으로 인해 사냥이 한층 더 쉬워졌다.

거기다 새로운 전투법을 이것저것 시도하느라 재밌기까지 했다.

그렇다고 문제가 아예 없는 건 아니었다.
구원의 신력과 '경시되는 생명'이 충돌한다는 것.
상처 입히는 것을 약화시키는 효과는 나에게도 적용된다.
또한 다친 모든 것 역시 마찬가지였다.
'따로따로 사용하면 문제가 없긴 하지만.'
안 그래도 요즘엔 경생의 효과를 거의 쓰지 않았다.
쓸 필요가 없었다.
하지만 경생의 효과가 굉장히 좋다는 건 부정할 수 없는 사실이다.
'두 힘을 함께 사용할 수 있는 방법을 모색해 봐야겠는걸.'
오델론에게 물어보면 대답해 주려나?
욕이나 안 먹으면 다행일 것이다.
나는 그렇게 몇 분 더 앉아 있다 막 자리에서 일어나려고 했다.
「타가스기:형!」
창식이에게 다급한 메시지가 오기 전까지는.

✧ ✧ ✧

갑자기 얘가 무슨 일이야?
「타가스기:통신 좀 걸 테니 받아 주세요!」
…라는 채팅이 오고 얼마 안 가 수신음이 울렸다.

통화 버튼을 눌렀다.

"무슨 일이야?"

(형! 큰일이에요, 큰일!)

"밑도 끝도 없이 큰일이라고 하면 내가 어떻게 알아들어? 진정하고 말해 봐."

(후우! 후우! 딱 말할 테니까 귀 쫑긋 세우고 들어 주세요.)

"자식이 뭔데 이렇게 뜸을 들여?"

전 세계의 유저 중 유일하게 마계에 머무는 창식이었다.

혹시 마계에 무슨 일이라도 생긴 건가?

나는 그에게 어서 빨리 말하라고 재촉했다.

곧이어 창식이가 말했다.

(또 다른 에픽 클래스가 나타난 것 같아요.)

"…그게 진짜냐?"

지금까지 공개된 에픽 클래스는 나와 창식이뿐이다.

더 있을 수도 있겠지만 뭍으로 나오지 않는 한 우리가 알 방법이 없었다.

나 또한 창식이에게만 말했을 뿐 세간에선 특이한 히든 클래스 정도로만 알고 있었다.

공개적으로 모습을 드러낸 적 없는 창식이는 말할 것도 없다.

"어떤 에픽 클래스인데?"

(마왕에게 듣기를…….)

정보 출처가 마왕인 모양이었다.

(용사라고 하네요.)

용사!

전생에 공식적으로 모습을 드러낸 에픽 클래스는 총 4명이었다.

다만 나와 달리 레벨이 초기화된 그들은 엄청난 성장력을 가진 에픽 클래스였지만 레벨에서 크게 밀려 제대로 된 활약을 하지 못했다.

그 당시 공개된 에픽 클래스를 나열해 보자면-

소서리스(Sorceress), 세인트 오더(Saint Order), 무극천(武極天), 마지막으로 용사.

'신화시대에 벌어진 거대한 전쟁에서 인류를 보살핀 일곱 영웅의 리더 격 클래스.'

다른 클래스에 비해 특별할 게 없는 용사였지만, 그 이름처럼 모든 메인 스트림의 주인공 격 클래스였다.

바로 다음 메인 스트림에서부터.

그래서인지 용사 클래스는 생각보다 쉽게 얻을 수 있었다.

그렇다고 획득 난이도가 다른 히든 클래스 수준은 아니었다.

'생각해 보니까 이상하네.'

용사란 클래스는 메인 스트림에 반드시 필요하다.

그런데 왜 시작부터 발견할 수 없게 만든 것일까?

'밸런스 때문인가……!'

돌연 그런 생각이 들었다.

당장 광마전사만 해도 말이 안 되는 전력을 가졌다.

마왕 후보자는 또 어떤가.

나와 붙어서 졌을 뿐, 다섯 손가락 안에 들었던 콘페이토를 어렵지 않게 쓰러트렸다.

용사 역시 마찬가지.

아니, 전투형이라면 모든 에픽 클래스가 그 정도 힘을 가지고 있을 것이다.

더군다나 메인 스트림에 크게 관여할 수밖에 없는 7인의 영웅이라면 밸런스 붕괴다.

200레벨 이후에 얻을 수 있게 해 놓은 건 어찌 보면 당연했다.

그 정도 레벨에서 1레벨로 초기화되어야 다른 유저들과 그나마 비슷하게 성장할 테니.

"어쩐지."

(왜 그러세요?)

"아니다. 그런데 마왕은 그걸 어떻게 알았대?"

(신화시대에 용사를 죽인 마왕이 칠흑의 마왕이랑 친한 분노의 마왕이래요.)

그런 얘기를 들은 적이 있었다.

내가 용사 클래스를 가졌던 유저에게 직접 들은 건 아니고,

두어 다리 건너서 알게 되었다.

칠흑과 분노는 마계에서 꽤나 큰 동맹을 맺은 관계.

용사의 부활은 분노에게 치명적일 테니 칠흑에게 알린 모양이다.

"그래서 어디서 나타났다는데? 그것까진 모르나?"

(저도 그건 모르겠네요. 듣기로 용사를 죽인 곳이 하론드 평원이라고 했어요.)

"하론드 평원이면……"

마마야루 대륙 북동쪽 끝에 위치한 곳이다.

신화시대에 벌어진 대전쟁의 여파가 닿은 곳이며, 신화와 관련된 떡밥이 상당히 많은 곳이기도 했다.

문제는 동방처럼 아직 개방된 장소가 아니라는 점.

아틀란티스는 관문만 넘으면 유저가 직접 모험을 통해 개방할 수 있지만, 동방이나 하론드 평원 같은 곳은 운영진이 패치를 통해 직접 공개하는 곳이었다.

(거기 아직 공개되지 않았어요.)

창식이도 알고 있는 모양이었다.

"그럼 거기는 아닌가 보네."

(저도 더 알아보고 연락드릴게요.)

"고맙다."

(아녜요. 수고하세요!)

"너도 수고해."

통신을 끝내고 턱을 문질렀다.

슬슬 에픽 클래스의 주인들이 나타날 시기였다.

한데 가장 먼저 공개된 에픽 클래스는 소서리스였다.

용사는 두 번쨴가, 세 번째에 공개됐다.

전직 사실을 숨겼을 수도 있지만 그건 아닐 것이다.

기억상으로 용사는 자랑하듯 커뮤니티와 인터뷰를 나눴고, 그때 레벨이 20을 넘지 않았다.

'대단한 관종이었지.'

아무튼-

순서가 달라진 걸 보면 이것도 나비효과의 영향이 분명했다.

전생의 그 관종이 이번에도 용사 클래스를 얻었을까?

아니면 전혀 다른 사람이?

나도 잘 모르겠다.

✥ ✥ ✥

모래바람이 휘몰아치는 황야.

그 속에 갈색 넝마를 두른 이가 걸음을 재촉하고 있었다.

며칠은 씻지 않았는지 피부는 꼬질꼬질했고, 의복은 안 좋은 상황을 겪었는지 여기저기가 찢어져 있다.

그때 돌풍이 불어왔다.

쥐고 있던 넝마가 허공으로 날아오르며 남자의 민낯이 드러났다.

그는 바로 가이덴이었다.

"젠장……."

어디서부터 잘못됐을까.

아니, 결과적으로 보면 잘못됐다는 표현은 잘못됐다.

오히려 나에게 이득이라고 볼 수 있었다.

정상적인 상황이라면 말이다.

"내 레벨……."

가이덴은 입술을 깨물었다.

그 틈으로 모래가 들어왔다.

"켁! 켁! 풰테텟! 꾸웨엑!"

입에 들어간 모래를 빼내려고 침을 뱉는데, 그럴수록 더 많은 모래가 들어온다.

이곳에선 입조차 벌리는 게 불가능하다.

순간 서러워져서 울컥 눈물이 날 뻔했다.

레벨이…….

레벨이……!

"초기화되다니!"

불과 하루 전 벌어진 일이었다.

알딘이 두 여인에게 둘러싸여 곤욕을 치르고 있을 때였다.

가이덴은 배지를 가지고 '이름 모를 누군가가 잠든 곳'을 찾았다.

한 파티가 지나간 지 얼마 안 된 탓인지 몬스터는 거의 리젠되지 않았다.

그는 가벼운 발걸음으로 보스 방까지 갔다.

직업 특성상 솔플이 힘들지만 할 수 있을 정도로 현질을 했다.

온갖 소환 스크롤과 강화 스크롤, 저주 스크롤을 대량 구매했다.

그러나 그런 준비가 무색하게도 보스 방에 진입하자마자 배지가 빛났다.

그리고 한 여인이 귀신처럼 나타났다.

그녀는 가이덴을 보고 딱 한마디를 했다.

-'사페'로 가세요.

여인은 사라졌고, 가이덴은 '사페'란 곳이 어딘지 몰랐다.

검색해도 나오지 않으니, 아직 미공개 지역일 가능성이 높았다.

그래서 꽤 오래 산 노인들을 집중 대상으로 사페에 대해 물었다.

아는 사람은 적었지만 아예 없진 않았다.

"북쪽으로 가게. 그곳에 사페가 있으니."

하염없이 북쪽으로 향했다.

가는 길에 있는 마을에 들를 때마다 노인들을 찾아가 사페에 대해 물었다.

그곳에 가까워질수록 아는 자들이 점점 더 늘어났다.

그리고 사페에 도착할 수 있었다.

그곳은 황무지였다. 아무것도 없이 샛노란 사막 위로 간간이 모래 먼지만 피어올랐다.

답이 없다 생각할 무렵 여인은 다시 나타났다.

-서쪽으로.

가이덴은 다시 서쪽으로 이동했다.

길을 잃을 때면 여인이 나타나 내비게이션이 되어 주었다.

가만 보면 상당한 미인이었는데, 계속 옆에 있었으면 좋겠다.

…라는 실없는 생각은 생략하도록 하자.

아무튼 가이덴은 드디어 용사의 묘비 앞에 도착했다.

반쯤 모래에 덮여 있었는데, 묘비란 걸 몰랐다면 그냥 돌부리 정도로 생각했을 것이다.

그곳에서 배지를 꺼내자 여인이 다시 나타났고, 여인은 서럽게 울며 용사의 이름 '르보'를 반복해서 외쳤다.

한참을 그렇게 있다가 여인이 진정한 후 묘비에 손을 올렸다.

-날 깨운 건… 너였나?

그리고 르보의 영혼이 나타났다.

가이덴은 게임이라지만 솔직히 말해서 까무러칠 뻔했다.

귀신이라니!

따지고 보면 여인도 귀신이었지만, 지니처럼 튀어나온 여인과 비석에서 튀어나온 르보는 확연히 다른 것!

용사 · 233

르보와 대화를 나누나 싶더니, 여인이 하늘로 승천했다.

그걸 보면서 가이덴은 NPC에게도 승천이란 개념이 있구나, 같은 허튼 생각을 했다.

-그래. 그대가 내 후인이 될 자인가.

후인이라는 말에 가이덴은 화들짝 놀랐다.

버프 오퍼레이터가 될 때와 비슷한 전개였기 때문이다.

그렇다는 것은, 즉 히든 클래스라는 것!

심지어 게임상에서 전설적인 영웅으로 치부되는 용사의 후인이었다.

이땐 전직의 리스크를 떠올리지 못했다.

정확히는 알긴 했지만 사소한 것으로 치부했기에 기억 속에 없었다는 표현이 맞다.

가이덴은 고개를 끄덕였고, 르보는 '용사'의 힘을 모두 그에게 건네주었다.

[에픽 클래스 '용사'로 전직됩니다.]

그런 알림음이 들렸다.

가이덴은 환호했고, 전직을 끝마쳤을 땐-

"시바아아아아아알!"

레벨이 1이 되어 있었다.

다시 현재로.

"버프 오퍼레이터의 힘이 모두 사라졌어. 그리고 내게 남

은 건 1이란 하찮은 수준의 레벨과 레벨 제한으로 착용할 수 없는 장비뿐…….'

심지어 귀환 스크롤도 5레벨부터 사용할 수 있었다.

이곳에서 벗어나려면 죽는 수밖에 없는데, 그러기엔 짊어진 리스크가 너무 크다.

1레벨 사망은 아무런 리스크가 없지만 경황이 경황인지라 깨닫지 못한 가이덴이었다.

'어떻게 해야 하지?'

시간을 되돌릴 수 있다면 되돌리고 싶다.

그런 미친 선택을 하지 말았어야 했는데.

내가 대체 무슨 짓을 한 거야…….

울상을 짓고 있을 때, 누군가의 얼굴이 떠올랐다.

지금 자신을 도와줄 수 있는 유일하다 표현해도 좋을 인물이었다.

'형님…….'

세계에서 최강을 논해도 좋을 인물은 바로 알딘이었다.

'그런데 이게 옳은 일까?'

오히려 잘됐다며 내칠지도 모른다.

안 그래도 시로네가 형님과 연결해 달라고 했을 때, 형님에게 그리 좋은 말투로 대화를 걸지 않았었다.

대화창을 만들고도 그냥 나갔고.

나 왜 이렇게 찌질하냐.

용사 · 235

가이덴은 자조적인 미소를 지으며 한숨을 쉬었다.

결국 모든 게 자신의 업보다.

그리 생각하고 친구창을 열었다.

그리고 알딘을 터치하고 통신을 걸었다.

달칵- 통신이 연결되었다.

"형님……. 저 좀 도와주세요."

✠ ✠ ✠

세상에 이런 우연이 또 있을까?

나는 몇 분 전에 끝난 가이덴과의 통화를 떠올렸다.

"그놈이 용사가 됐다고?"

이게 말이야, 방귀야?

농담이라면 정말 웃기지도 않은 농담이었다.

하지만 어제 창식이에게 용사가 나타났다는 얘기를 듣지 않았던가.

짠 것처럼 시기가 일치했다.

그리고 그 목소리는 진짜 좌절한 인간의 것이었다.

"운이 좋다고 해야 하나, 멍청하다고 해야 하나."

전자는 에픽 클래스를 손에 넣었으니 운이 좋다 한 거고, 후자는 최상위 버퍼 클래스인 '버프 오퍼레이터'를 버렸으니 멍청하다 한 거다.

용사가 된다면 모든 메인 스트림에 중심 격 인물로 참여할 수 있다. 하지만 레벨이 초기화되어 기존에 있던 것들을 모두 잃게 된다.

나중 가서 되찾을 수 있지만, 그때가 되면 그것들은 모두 의미를 잃는다.

한마디로 생계가 버거워진다는 뜻이다.

'전업 다크 게이머가 아니라면 상관없겠지만.'

이 부분은 내가 알 바 아니니 그만 생각하자.

"돕기는 해야겠지?"

명색이 용사가 됐다면 좋든 싫든 패로 쥐고 있어야 한다.

그 찌질한 놈이랑 깊게 얽히긴 싫지만, 나를 위해서라도 어쩔 수 없다.

그리고 또다시 자기감정 문제로 내게 민폐를 끼친다면 그때 조져도 되고.

"에잉, 귀찮은 새끼."

예전엔 형님 형님 따르는 게 나름 귀엽기라도 했었는데, 이젠 꼴 보기도 싫은 놈이 됐다.

나는 고개를 절레절레 저으며 가이덴이 있다는 황야로 향했다.

이렇게 된 거 계약서라도 작성해서 죽기 전까지 굴릴 궁리나 좀 해 봐야겠다.

※ ※ ※

"당신 때문에 도망쳤잖아요."

"그게 왜 나 때문?"

스네이크가 어이없단 얼굴로 되물었다.

"그러니까 왜 자꾸 옆에서 귀찮게 해요?"

"생사람 잡네? 보니까 알딘 씨가 당신을 좀 껄끄러워하는 것 같은데, 누가 봐도 당신이 이유잖아요."

"전 그냥 대화를 나누러 온 거고요."

"웃기고 있네."

그 말에 시로네도 찔리는 게 있는지 괜히 고개를 돌렸다.

스네이크가 끌끌 혀를 차자 시로네가 그녀를 슬쩍 보며 물었다.

"그런데 당신은 누구예요?"

백인이란 건 둘째 치더라도 외모가 범상치 않다.

고운 흑발은 비단결 같으며, 진한 쌍꺼풀은 두 눈을 왕방울만 하게 만들어 주었다.

피부는 어찌나 좋은지 엘프와 비교해도 꿀리지 않는다.

몸매도 늘씬해 나올 덴 나오고 들어갈 덴 다 들어갔다.

키도 크고 팔다리도 길어 비율은 모델급.

무엇보다 어디서 많이 봤다.

'아까 전엔 흥분해서 객관적으로 보지 못했는데, 장난 아

니잖아?'

 외형적인 것만 봤을 땐 자신이고, 셀리느고 그녀 앞에선 오징어에 불과했다.

 누구한테도 밀리지 않는 얼굴이라 생각했는데, 별세계 사람 같지 않은가?

 스네이크가 한쪽 눈을 치켜떴다.

"그런 질문을 할 땐 본인 소개부터 하는 거 모르세요?"

"음……."

맞는 말이다.

시로네는 대수롭지 않게 자신의 소개를 했다.

"전 시로네예요."

"스네이크예요."

"스네이크……."

어디서 들어 본 닉네임인데, 기억이 나질 않는다.

그런데 닉네임을 왜 저렇게 지었담?

인상이 살짝 날카롭다지만 뱀이라기엔 순하다.

시로네는 그녀의 네이밍 센스를 도통 이해할 수 없었다.

"특이한 이름이시네요. 레어하다면 레어하고."

"나 몰라요?"

"네?"

이건 또 무슨 자기애가 강한 타입일까?

시로네는 웃기지도 않은 질문에 당황했다.

스네이크는 왜 당연한 걸 모르냐는 얼굴이다.

"진짜 나 몰라요?"

"다, 당황스럽네요."

"허!"

얼굴만 보고 모를 수는 있지만, 닉네임까지 듣고 모르기는 쉽지 않은데.

스네이크는 살짝 민망해졌지만 이왕 이렇게 된 거 뻔뻔하게 밀어붙이기로 했다.

"어떻게 날 모를 수 있지?"

"혹시 심각한 나르시시즘을 겪고 계시나요?"

"……."

시로네가 진지한 얼굴로 묻는다.

아까까진 견원지간처럼 서로를 물어뜯기 바빴는데, 이젠 그녀가 연민을 보내온다.

스네이크는 가슴속 뭔가가 탁- 풀리는 걸 느꼈다.

그래, 모를 수도 있지.

사람이 어떻게 나를 다 알겠어. 지금까지 너무 지나쳤던 거야.

사과해야겠다.

스네이크가 옅은 미소를 지으며 자신이 과했다고 사과하기 위해 막 입을 열려는 참이었다.

"아! 스네이크! 성숑의 스네이크!"

뜬금없이 시로네가 그녀를 기억해 냈다.

스네이크는 허탈한 기분을 느끼며 대답했다.

"맞아요. 내가 그 스네이크랍니다."

✠ ✠ ✠

황금색 모래바람이 쉬지 않고 부는 황야, 사페.

그 위를 애처로운 꼴을 한 가이덴이 힘겹게 걷고 있었다.

체력이 거의 한계에 다다라 다리가 후들거린다.

형님은 언제쯤 도착할까······.

연락한 지 한 시간도 안 되었으니 최소 몇 시간은 더 있어야 할 것이다.

이곳이 로그아웃되는 장소였다면 얼마나 좋았을까.

이 미친 모래바람은 자신을 상시 전투 상태로 유지시켜 게임을 끄는 것조차 불가능했다.

'이건 고객 센터에 문의해야 해.'

완전 버그 아닌가?

하나 그건 가이덴이 1레벨이기 때문일 뿐, 사페의 적정 레벨은 160이었다.

160만 되어도 지금 모래바람은 아무것도 아니리라.

하지만 이미 피폐해질 대로 피폐해진 가이덴이 그런 것까지 생각할 리 만무.

'아아……. 정녕 죽어야만 벗어날 수 있는 것입니까!'

풀썩-

가이덴이 가뭄처럼 갈라진 흙바닥 위에 쓰러졌다.

모래바람이 거슬리긴 하지만 누우니 좋긴 하다.

천으로 된 아이템을 아무거나 꺼내 얼굴에 덮었다.

이렇게 하면 모래가 덜 들어온다.

"쉬이부우울……."

천 쪼가리 안에서 입을 여니 목소리가 울렸다.

"눈을 조금만 붙일까?"

잠을 잘 수 있는 환경이 아니건만, 왠지 이 환경에 적응한 것만 같다.

눈을 감으면 1~2시간 정도는 푹 잘 수 있을 것 같은 느낌이 들었다.

그래, 조금만 자자. 조금만.

그렇게 눈을 감았다.

그리고 얼마 안 가,

딱!

"누, 누구야!"

뭔가가 머리통을 세게 후려쳤다.

가이덴은 상체를 벌떡 일으켜 주변을 둘러보았다.

그러는 사이에 모래가 또 입에 한가득 들어왔다.

"켁켁! 퉷! 퉤테텟!"

"아주 생쇼를 하는구나?"
"혀, 형님!"
가이덴은 뒤에서 들려온 목소리에 화들짝 놀랐다.
뒤를 돌아보니 그곳엔 알딘이 한심한 눈초리로 자신을 쏘아보고 있었다.
괜히 움찔했지만 그보단 아이템을 잃지 않아도 된다는 사실이 그를 환희에 차게 만들었다.
그 결과 가이덴이 알딘을 향해 양팔을 힘껏 펼쳤고,
"형니이이이이이임!"
다이빙하듯 몸을 던졌으나-
딱!
"켁!"
"징그럽게, 사내새끼가."
알딘의 손바닥이 뒤통수를 시원하게 때렸다.

가이덴을 데리고 사페를 벗어났다.
쉼 없이 부는 모래바람에서 벗어나자 녀석이 살 것 같다는 듯 기지개를 켰다.
"드디어 해방이다!"
"해방 같은 소리 하고 있네."

놈의 기분을 초 치자 금세 시무룩해진다.

자기가 뭘 잘못했는지 아는 개처럼 어깨를 밑으로 떨구었다.

"씻는 것부터 하자. 꼴이 그냥……."

"헤헤!"

"웃지 마. 기분 나쁘니까."

"옙."

여관에 들어가 가이덴을 욕조에 던져 놓고 1층 카페테리아에 앉았다.

웨이터에게 대충 주문을 하고 커뮤니티를 보고 있을 때, 다 씻은 가이덴이 내려왔다.

"다 씻었습니다, 형님."

"그딴 건 보고하지 말고."

"네……."

제 딴엔 나한테 조금이라도 잘 보이려고 애를 쓰지만, 안 통해!

맞은편에 앉은 가이덴이 살살 내 눈치를 살피고 있을 때, 주문한 차 두 잔이 나왔다.

내가 먼저 차를 홀짝이자 그제야 녀석도 찻잔을 들었다.

"그래, 아주 가끔 채팅을 하긴 했지만 너에 대해 얘기한 적은 없으니. 어떻게 지냈냐?"

"그게……."

갑작스러운 안부 물음에 가이덴이 씁쓸한 얼굴을 하고 고개를 숙였다.

죄가 많은 자는 고개도 들지 못하고, 말도 제대로 하지 못한다.

그것도 죄지은 자 앞에선 더더욱.

솔직히 가이덴이 내게 잘못한 거라고는 연락을 일방적으로 끊은 것밖에 없다.

그 외에 것은, 예를 들어 시로네에게 빠졌다든가 같은 건 상관없었다.

하지만 가이덴 녀석은 그것조차 제 잘못이라 여기고 있을 터다.

예전이라면 그런 부분까지 바로잡아 줬을 테지만 이제 와서 그런 의리는 없었다.

"말해 봐."

"올해 들어서 휴학했어요."

"휴학?"

"네."

무슨 생각으로 휴학했는지 안 물어도 눈에 훤했다.

"다른 건."

"그냥… 생계는 유지해야 하니까 계속 사냥하고, 득템한 거 팔고. 그렇게 살았어요."

"시로네랑은."

"……."

직설적인 물음에 가이덴은 꿀 먹은 벙어리가 되었다.

쯧- 짧게 혀를 찬 나는 다리를 꼰 채 가이덴을 보았다.

"이게 네가 원했던 거냐?"

"아뇨……."

빠삐루스 때만 해도 그냥 좋게 넘어갈 생각이었다.

하지만 다시 시로네와 엮이게 되었을 때 가이덴의 태도는 도저히 용납할 수 없다.

예전엔 어땠는지 몰라도 이젠 돌이킬 수 없는 강을 건넌 사이가 된 것이다.

"넌 내게 도움을 바라고 있지?"

"…네."

"그런데 무상으로 널 도와주기엔 우리 관계가 많이 틀어졌어. 안 그래?"

"할 말 없습니다……."

"그래야지. 사람이라면 당연히 그래야지."

가이덴이 말없이 고개를 끄덕였다.

인벤토리에서 계약서 한 장을 꺼냈다.

"서운하게 생각하지 마. 그래도 네 사정 최대한 배려해서 작성했으니까."

"계약서……. 형님!"

설마 내가 계약서를 내밀 줄은 몰랐는지 가이덴이 서러운 얼굴을 했다.

"제가 큰 잘못을 하긴 했지만, 그래도 이건 아니지 않습니까!"

"읽어 보고 말해."

내 말이 미심쩍은지 몇 번을 힐긋힐긋 보다가 계약서를 읽는다.

아무리 계약서를 준비했다지만 가이덴을 노예처럼 굴릴 생각은 없었다.

그가 진짜 죽을죄를 지은 것도 아니고.

"으음……."

녀석 또한 계약서를 읽으니 생각이 조금 달라진 모양이었다.

얘한테도 나쁘지 않은 계약서다.

"너한테 크게 바라는 건 없어. 나는 어지간하면 너를 지원할 생각이고, 그 지원 받은 만큼 나를 위해 일하면 돼. 합당하다 생각이 들면 그만큼 보수도 줄 거야. 하지만 이전 같은 관계는 더 이상 없어."

"……."

"대신 배신은 용납 못한다. 그건 계약서에도 명시돼 있으니 신중하게 생각해."

"제가 도장 찍지 않으면 그냥 가실 거죠?"

"물론. 널 그곳에서 끄집어내 주는 걸로 남아 있는 의리는 다했어."

 가이덴이 다시 계약서를 읽기 시작했다.

 전생에 길드 관련 문제로 계약서를 많이 작성해 봐서 아주 보기 쉽고 이해하기 쉽게 만들었다.

 명시된 내용은 총 4개였다.

 짧게 요약하자면-

 1. 알딘(이하 '갑')은 가이덴(이하 '을')이 일정한 레벨에 오를 때까지(상호 간 협의) 지원을 아끼지 않는다. 단, 을은 그 기간 동안 갑의 요구를 합당한(상호 간 협의) 선 안에서 무조건 받아들인다.

 2. 을이 합당함에도 갑의 요구를 받아들이지 않을 경우 지원받은 것의 5배만큼 피해액을 지불한다.

 3. 을은 일정한 레벨에 오른 후부터 홀리 가디언을 통해 얻는 물질적인 모든 걸 갑과 9 대 1의 비율로 나눈다. 이때 9는 을, 1은 갑이다. 정산은 매달 1일로 지정한다.

 4. 갑과 을은 이 계약서에 묶인 관계이며, 둘 중 하나라도 이를 어길 시 각 계정의 소유권을 어긴 이가 피해를 입은 이에게 넘긴다. 단, 계정의 가치에 따라 물질적인 보상으로 대체할 수 있다.

 이렇듯 갑과 을의 균형이 생각보다 잘 맞는 계약서였다.

물론 이곳에도 함정은 하나 있다.

바로 '합당함'인데, 나한테 지원을 받는 이상 가이덴은 진짜 심각한 게 아니라면 이 합당함에 대해서 왈가왈부하지 못할 것이다.

또한 내가 심한 건 시키지 않을 거라 생각할 것이다.

실제로 그럴 생각이었다.

'내가 얘한테 큰 걸 바라겠어?'

응. 큰 걸 바라고 있다.

얘한테 누굴 죽이라거나 금품을 갈취해 오라거나 이런 걸 시킬 생각은 없다.

다만 메인 스트림에서 그는 나에게 대부분의 것들을 갖다 바쳐야 할 것이다.

내 입꼬리가 갈고리처럼 솟았다. 그러나 계약서에 집중하고 있는 가이덴은 그 미소를 보지 못했다.

"다 읽었어?"

"예."

"이상한 계약서는 아니지? 너와 내 관계가 아무리 틀어졌다지만 설마 네 등이라도 쳐 먹겠어?"

"그건 아니죠······."

"그냥 이렇게 해야 안전하기 때문에 가져온 것뿐이야. 암, 그렇고말고."

"하하······."

가이덴이 쓰게 웃었지만 부정하지 않는 걸 보면 도장을 찍을 생각인 모양이다.

'자길 도와줄 사람이 나밖에 없으니 어쩔 수 없겠지.'

애초에 그런 부분까지 다 예상하고 계약서를 만든 것이다.

결심했는지 가이덴이 고개를 끄덕였다.

"할게요."

"성심성의껏 널 도와줄게. 금방 지금 자리로 돌아올 수 있을 거야."

물론 그때가 되면 결국 제자리걸음이었다는 걸 깨달을 것이다.

그리고 다시 내게 손을 내밀 테고, 결국 같은 상황이 반복될 것이다.

그런 말까지 가이덴에게 하진 않았다.

그런 의리는 더 이상 없었다.

용사는 그렇게 내 것이 되었다.

제54장

인생 최대의 위기?

광전사가 죽지 않아!

"이럴 순 없어……."

히페리온은 새까만 방 안 구석에 쭈그리고 앉아 있었다.

그는 모은 다리에 고개를 파묻고 연신 같은 말을 중얼댔다.

"이럴 순 없어……. 이럴 순 없다고……."

그날이 있고 며칠이나 흘렀을까?

모르겠다.

그 뒤로는 한 번도 게임에 접속한 적 없으니까.

아니, 밖에도 나가질 않아 밤인지 낮인지 구분조차 안 된다.

삐리리리리!

그때 저 멀리 널브러진 스마트폰이 요란하게 울기 시작했다.

히페리온, 산체스의 어깨가 움찔 떨렸다.

삐리리리!

신호는 계속해서 울렸다.

그는 고개만 살짝 들어 두려운 눈으로 스마트폰을 주시했다.

번쩍이는 스마트폰의 빛이 천장까지 닿는다.

그렇게 몇 번 더 울린 신호음은 얼마 안 가 끊겼다.

산체스가 안도의 한숨을 쉬었다.

그러나 방심의 허를 찌르듯 스마트폰이 짧은 신호음을 토해냈다.

삐빅!

"허억!"

귀신이라도 본 사람처럼 산체스의 몸이 들썩였다.

메시지가 도착했다는 신호음이었다.

그는 살금살금 스마트폰이 있는 곳으로 기어갔다.

폰을 들어 화면을 터치하자 패턴 잠금 위로 수십 통의 부재중과 문자 하나가 떠올랐다.

패턴을 풀었다.

문자 앱을 열고 도착한 지 1분도 안 된 따끈따끈한 문자를 터치했다.

「들어와라.」

산체스의 두 눈이 파르르 떨렸다.

발신자명엔 아무것도 적혀 있지 않았지만 확인해 보지 않아도 누가 보냈는지 알 수 있었다.

호조.

'둠스데이'의 지배자이자 자신의 목줄을 움켜쥔 존재.

"흐흐흐……. 흐하하하하!"

산체스가 폰을 떨어뜨리며 광소를 터트렸다.

잘못된 선택으로 모든 걸 잃은 한 남자는 그렇게 울부짖었다.

✟ ✟ ✟

호조가 레몬 맛 사탕을 입에 넣었다.

달고 신 게 아주 자극적이라 뇌가 깨어나는 것 같다.

그는 입 안에서 사탕을 굴리며 보고서를 쭉 훑었다.

대부분이 '궁니르'에 대한 것들이었다.

"한심한 놈."

알딘에게 처참한 패배를 겪고 잠수를 탄 지 열흘 정도가 지났다.

듣기론 교단에서 성물까지 대여했다는데, 그것마저 잃어버린 모양이었다.

알버트 두마와의 일은 말해 봐야 입만 아프다.

엄청난 상승세를 누리던 히페리온은 하룻밤 사이에 나락

으로 떨어지고 말았다.

"많이도 탈퇴했군."

잘못된 선택을 강요한 히페리온에게 치가 떨린다며 탈퇴한 길드원만 스물이 넘는다.

계약상으로 묶인 건 히페리온뿐이라 그들을 막을 명분이 없었다.

"아쉽긴 하군. 200레벨이 넘는 자들이었는데."

말만 그럴 뿐 호조의 표정은 그저 그랬다.

200레벨 유저가 흔한 건 아니지만 희귀한 것도 아니다.

그리고 스물 정도로 타격을 입기엔 '둠스데이'의 덩치가 너무 컸다.

얼마 전 길드 관련 패치가 있었는데, 최대 인원을 천 명까지 늘렸다.

대형 길드를 배려한 패치였다.

덕분에 형식상으로 존재하던 '둠스데이'가 얼마 전 공식적으로 발호했다.

그리고 빈자리는 이번에 탈퇴한 스물 조금 넘는 숫자가 끝이었다.

그때 밖에서 노크 소리가 들려왔다.

"누구인가?"

"…접니다."

목소리를 들은 호조가 피식 웃으며 보고서를 덮었다.

"들어와."

문이 열리며 어두운 낯의 히페리온이 들어왔다.

그는 평소 자신감을 나타내는 백갑을 입고 있지 않았다.

"오늘은 왜 갑옷을 안 입고 왔나?"

"…비꼬려고 부르셨습니까?"

"어떻게 지내나 궁금해서 불러 봤지."

히페리온이 말없이 노려본다.

그런 게 너무 같잖았다.

모든 걸 잃은 주제에 건방지게 자존심만 남아 있다.

"그래, 아주 시원하게 실패했더군. 열심히 주둥이를 놀린 것에 비해 말이야."

"……."

"알버트 두마의 지원이 부족했던가? 크크큭!"

이번에도 히페리온은 대답하지 못했다. 변명을 할 수도, 하고 싶지도 않았다.

그저 아랫입술을 깨문 채 참을 뿐이었다.

그게 자신이 할 수 있는 전부였다.

"그래서 이제 어쩔 생각이지?"

"뭘 말씀이십니까."

"내가 무슨 말을 하는지조차 모를 정도로 머저리가 됐나?"

책상 아래 놓인 주먹이 꽉 쥐어졌다.

"다시… 다시 일어날 수 있습니다."

"어떻게?"

"길드에서 지원만 해 준다면 '궁니르'는 다시 재기할 수 있습니다."

"이봐."

"네?"

"내가 왜 그깟 '궁니르'의 재기 따위를 위해 '또' 지원을 해 줘야 하는 거야? 이미 해 줬잖아? 그리고… '궁니르'가 어디 소속인지 몰라?"

호조의 눈이 차갑게 변한다.

히페리온은 목덜미가 얼어붙는 것 같았다.

그는 한 번도 저런 표정을 지은 적이 없었다.

적어도 자신을 비롯한 '둠스데이'의 기둥을 자처하는 길드장들 앞에서는.

"나는 분명 경고했다."

그의 목소리엔 높낮이가 없었다.

"알딘을 건들지 말라고."

차갑던 인상은 어느새 무미건조하게 바뀌었다.

"하지만 넌 경고를 무시했고."

감정이 담기지 않은 눈은 한 번도 깜빡이지 않았다.

"오만하기 짝이 없는 얼굴로 결국 실패했어."

히페리온은 눈동자를 가만히 둘 수 없었다.

무릎 쪽 바지를 꽉 움켜쥐고, 고개를 팍 숙인 채 오한이

든 사람처럼 몸을 떨었다.

마침표를 찍은 호조의 말이 날아든다.

"그런데 기회를 달라니, 이 얼마나 이기적이란 말인가."

심장을 후비는 쇠꼬챙이가 이런 느낌일까.

방금까지만 해도 꼿꼿하게 서 있던 프라이드가 꺾이듯 주저앉았다.

히페리온은 미끄러지듯 의자에서 내려와 바닥에 무릎을 꿇었다.

"도와주십쇼! 기회를 주십쇼!"

호조는 냉담하게 그를 내려다볼 뿐 아무 말도 하지 않았다.

쿵!

문이 벌컥 열리며 2명의 남자와 1명의 여인이 들어왔다.

히페리온은 그들을 보고 눈을 부릅떴다.

"너, 너희들……."

"그런다고 네놈의 실수가 지워지냐?"

"어리석다."

"후흐훗! 경쟁자가 알아서 물러나 주니 이렇게 좋을 수가 없네요."

세 사람은 무릎을 꿇고 있는 히페리온을 각기 다른 시선으로 보았다.

그러나 지금부터 할 일은 그들 전부 공통됐다.

그들은 히페리온의 양팔을 붙잡았다.

"이, 이거 놔!"

히페리온이 분노에 찬 얼굴로 몸을 흔들었지만 동급의 유저 둘이 붙으니 꼼짝할 수 없었다.

이대로 끝장날 수 없다.

어떻게든 기회를 만들어야 한다. 반드시 그래야 한다.

[세인트 포스(Saint Force)]

히페리온의 몸에서 순백의 빛이 터져 나왔다.

양팔을 붙잡고 있던 두 남자가 갑작스런 빛의 힘에 양옆으로 튕겨져 나갔다.

"크윽! 이 새끼가!"

"허튼 몸부림이다."

두 남자가 다시 달려들었다.

하지만 더 이상 접근하지 못했다.

히페리온이 젠다를 착검했기 때문이었다.

젠다가 없었다면 모를까, 성검을 든 성기사는 무섭다.

남자들이 주춤하고 있을 때, 여자가 한심하다는 듯 혀를 찼다.

"머저리들이에요."

손가락을 튕기자 장미꽃 한 송이가 소환됐다.

히페리온이 양옆을 견제하다 여자에게 시선을 옮겼다.

젠다 위로 신성력이 폭발하듯 솟구쳤다.

"호조! 한 번만, 한 번만 더 기회를 주십쇼! 이런 얼간이들보다 잘할 자신이 있습니다! 한 번의 실수로 내치지 말아 달란 말입니다!"

"레이첼."

"네~"

"뭐 하나. 안 끌어내고."

"걱정……."

레이첼이라 불린 여자의 눈매가 사납게 물들었다.

"마시지요."

장미의 꽃잎이 허공을 수놓는다.

세상이 분홍빛으로 물들었다.

히페리온은 지체하지 않고 레이첼을 향해 달려들었으나-

"건방진 새끼!"

"혼자서는 무리라는 걸 모르다니."

5개의 채찍이 팔다리를 묶었고, 주먹 형상의 권강이 오른쪽을 강타했다.

"크악!"

짧고 굵은 비명 소리와 함께 푸욱-

무언가가 가슴팍을 꿰뚫었다.

녹색 줄기였는데, 날카로운 가시가 전체에 돋아나 있었다.

히페리온은 울컥, 피를 쏟았다.

"잔인… 하시군요."

호조는 아무런 제스처도 취하지 않았다.

히페리온은 무릎을 꿇었고, 세 사람은 그를 데리고 문밖으로 사라졌다.

잠시 후.

정적이 내려앉은 집무실은 난장판이 되어 있었지만 호조의 입가엔 미소가 걸려 있었다.

"인간은 절망을 맛봤을 때야말로 충견이 될 자격이 생기지."

누구한테 하는 말인지 모르나 머지않아 죽음마저 불사하는 충견이 그에게 생길 것이다.

가이덴을 죽였다.

이유는 간단했다.

"멍청한 놈, 그걸 벌써 까먹으면 어떻게 해?"

1레벨에는 죽어도 아무런 리스크 없이 스타트 마을로 이동되기 때문이다.

처음 이 얘기를 했을 때 가이덴은 정말 한심하고 멍청한 얼굴을 했다.

그러곤 계약서에 사인 괜히 한 거 아니냐며, 자기한테 사기 친 거냐며 말도 안 되는 소리를 나불댔다.

대답 대신 시원하게 뒤통수를 때려 주었다.

"사람을 뭐로 보고 말이야."

나는 가이덴에게 빠른 성장을 위한 지원을 해 주는 거다.

놈은 자신의 나쁜 기억력을 내 탓으로 돌리는 것도 모자라 본질까지 망각했다.

아직도 칭얼거리는 그 얼굴이 생생하다.

"찌질한 놈. 계약서 만들기를 아주 잘했어."

계약서 없이 도와줬다면 나중에 배까지 내놓으라고 했을 것이다.

날강도 같은 새끼.

나는 가이덴에 대한 생각을 떨치고 다시 기존에 있던 도시로 돌아갔다.

지금쯤이면 두 사람도 싸움을 멈췄겠지.

메시지창을 열고 차단 표시를 해제했다. 스네이크와 시로네가 귀찮게 할까 싶어 사전에 차단해 두었다.

띠링!

차단을 풀기가 무섭게 메시지 하나가 도착했다.

이런 경우 십중팔구 스네이크였다.

"이 녀석, 내가 차단 푼 건 어찌 알······."

「셀리느: 왜 메시지 차단해 놓으셨어요?」

홀리 가디언의 메시지는 차단해 놓으면 상대에게 표시된다.

✣ ✣ ✣

셀리느는 여느 때와 마찬가지로 사냥을 하고 있었다.

평범한 클래스에 사냥 속도도 평범해 그녀는 이제야 200레벨에 도달했다.

최상위 랭커들에 비하면 한참 낮은 레벨이었다.

알딘과는 거의 100레벨 차이가 났다.

예전에는 이 정도까진 차이가 안 났는데, 방해거리가 없어진 순간부터 그는 폭풍 같은 속도로 레벨을 올렸다.

랭킹 포식자라는 이명까지 생겼으니 무슨 설명이 필요할까.

"랭킹도 벌써 2위."

얼마 전 새로 집계된 랭킹표에 알딘이 당당하게 2순위를 차지했다.

그가 말했던 1위까지 고작해야 한 걸음.

"1위가 많이 높긴 하네……."

제로스란 사람은 대체 뭐 하는 분이기에 이렇게 레벨이 높을까?

셀리느는 이해할 수 없었다.

생각해 보면 그가 1위가 아니었던 적이 없었다.

이 정도면 운영진이 만들어 놓은 AI가 아닌가 싶다가도, 실제로 모습을 드러낸 적이 한두 번이 아니니 이런 의심도 할 수가 없다.

"흐음……."

랭킹표를 끄고 커뮤니티를 둘러봤다.

한가할 땐 대부분 커뮤니티를 보다 보니 자연스럽게 최신 글을 눌렀다.

그때 하나의 글이 그녀의 이목을 집중시켰다.

〈나 오늘 개쩌는 거 봄!〉

개쩌는 게 과연 뭘까?

그녀는 별생각 없이 그 글을 눌러 보았다.

〈나 오늘 개쩌는 거 봄!

오늘 센트리 광장에서 알딘 봤는데, 존나 예쁜 여자 2명 사이에서 어쩔 줄 몰라 하더라?

하나는 심지어 스네이크였음 ㄷㄷㄷ 오져따리 지려따리;;

못 믿을 것 같아서 사진 첨부〉

글을 다 읽고 스크롤을 내리자 대문짝만한 사진이 나타났다.

셀리느의 얼굴이 싸늘하게 식었다.

사진 속엔 알딘이 미인 둘과 함께 서 있었다.

그중 하나는 글에 언급된 것처럼 랭킹 3위인 스네이크였고, 옆에 있는 다른 여자는······.

"···이 사람이 여기 왜 있어!"

그녀의 두 눈에 불똥이 튀었다.

곧장 친구창을 열어 알딘에게 메시지를 보내려고 했다.

하지만 수신 거부가 되어 있었다.

"하!"

이 사람이 정녕 나와 한판 붙어 보자고 시그널을 보내는 게 분명하다.

✥ ✥ ✥

"음······."

카페테리아에 앉아 멍하니 하늘을 본다.

현재 있는 곳의 계절은 가을로 살짝 쌀쌀했지만, 높은 능력치로 추위 따윈 못 느끼는 나였다.

아이스 아메리카노를 손에 쥐고 빨대를 입에 문다.

쪽쪽-

두어 모금 힘차게 빠니 시큼하면서도 씁쓰름한 맛이 입 안 전체를 맴돌았다.

탁, 원형 테이블 위에 아메리카노를 내려놓고 다리를 꼬았다.

그러곤 사색에 잠긴 사람처럼 양손으로 무릎을 감싸고 지나다니는 사람들을 구경했다.

그러면서 한마디 중얼거렸다.

"내 인생……."

불과 5분 전에 이어진 셀리느와의 통화를 떠올렸다.

처음엔 그녀가 어쩐 일로 채팅을 거나 싶었다.

수신 거부를 풀기 무섭게 채팅을 보낸 걸 보면 풀기를 기다렸다고밖에 볼 수 없다.

그리고 짐작대로 그녀는 내가 풀 때까지 대기하고 있었다.

'오랜만에 나와 대화가 하고 싶었을까?'라고 생각하길 잠깐.

셀리느에게 채팅을 건 이유를 들었을 땐 숨이 막혔고, 차라리 죽는 게 더 편하지 않을까 하는 생각까지 들었다.

덕분에 아메리카노를 입으로 마시는지, 코로 마시는지 모를 지경이었다.

"어떤 자식이……. 어떤 자식이 유포한 거야!"

자리에서 벌떡! 일어났다.

나는 좌측 하단에 떠 있는 커뮤니티창을 보았다.

그곳엔 하나의 사진이 올라가 있었는데, 다른 사람에겐 몰라도 셀리느에겐 보여 주고 싶지 않은 모습이었다.

"사이좋게도 잘 찍어 놨네. 빌어먹을……."

사진 속엔 나와 스네이크, 시로네가 서로를 보며 대화하고 있었다.

대화 내용은 두 여자의 신경전과 나와 시로네의 신경전으로 썩 좋은 건 아니었다.

한데 사진으로 보니 나름 화기애애해 보였다.

"이 부분은 설득할 수 있어. 설득할 수 있다고……. 그런데……. 그런데!"

시로네에 대해선 어떻게 말해야 한단 말인가!

스네이크야 나를 귀찮게 하는 녀석이라고 말하면 그만이다. 이건 리얼 팩트였으니까.

하지만 시로네는 달랐다.

사실 내 기준에서 스네이크와 시로네는 비슷비슷하지만 셀리느의 관점에서 시로네는 자신 앞에서 내게 고백을 한 인물이었다.

심지어 먼저 내게 등진 인물이기도 했다. 그런데 다시 나타났다는 것 자체가 셀리느에게 용납되지 않는 모양이었다.

'그나저나 사카드 녀석은 뭐 하고 지내려나?'

얄밉게 옆에서 한마디씩 거들던 자식.

크라켄 레이드 이후로 소식만 간간이 들었을 뿐 따로 연락한 적은 없다.

꾸준히 랭킹은 유지하는 것 같던데.

"아니, 지금 그놈이 중요한 게 아니지."
셀리느가 이곳으로 오고 있다.
단단히 화가 난 채로—

"어? 수신 거부 풀렸다."
"진짜요?"
시로네의 옆에서 스네이크가 눈을 크게 뜨며 고개를 들이밀었다.
"본인 거 있잖아요."
"치사하게. 같이 좀 봐요."
"치사할 게 참 따로 있네요."
시로네는 고개를 저으며 알딘에게 메시지를 보냈다.
「시로네:우리가 뭘 했다고 수신 거부까지 해 놓고 도망쳐요?」
"생각보다 직설적이네요?"
"단도직입적이라고 해 주실래요?"
"단도직입적이네요?"
"뻔뻔하단 말 자주 들어요."
스네이크는 그럴 줄 알았다는 듯 고개를 끄덕였다.
시로네가 눈총을 보내자 그녀는 아무것도 모른단 얼굴

로 어깨를 으쓱였다.

얄미웠지만 입으로 꺼낸 게 아니라서 트집 잡을 구석이 없었다.

시로네는 작게 한숨을 쉬며 다시 대화창을 보았지만 알딘에게서 답변이 오는 일은 없었다.

"답장이 없는데?"

"왜 그랬대."

"…저만의 문제는 아니지 않아요?"

"별로요? 전 딱히 지금 안 해도 상관없어서. 이런 적이 한두 번도 아니고."

말하는 얼굴을 보니 실제로 알딘이 그녀를 놔두고 도망친 적이 여러 번인 듯했다.

이걸 안타깝다고 해야 할지, 멍청하다고 해야 할지 모르겠다.

"나는 아닌데……."

설마 진짜로 정나미가 떨어진 걸까?

시로네도 직접적으로 알딘을 겪은 건 며칠 되지 않았다.

그래서 그의 성격이 어떤지 대략적으로 알 뿐, 깊이 알진 못했다.

생각해 보면 알딘의 무엇에 반했던 걸까?

예전엔 알았던 것도 같은데, 지금은 목적 없이 사랑만 쫓는 바보가 되어 버렸다.

방금 전과 달리 시로네가 깊게 한숨을 내쉬었다.

토닥토닥-

"잘될 거예요."

스네이크가 쾌활하게 웃으며 그녀의 어깨를 두드려 주었다. 경쟁자인 주제에 넉살도 좋다.

시로네가 얼굴을 일그러트린 채 왼쪽으로 시선을 돌렸다.

왜 그곳을 쳐다봤는지는 본인도 몰랐지만, 곧 그 선택을 후회했다.

"어……."

"당신!"

어깨뼈까지 자란 핑크색 머리가 인상적인 귀여운 여인이 시로네를 향해 손가락을 치켜들었다.

시로네는 움찔- 몸을 떨었다.

옆에 있던 스네이크는 고개를 갸웃거리며 물었다.

"아는 사람?"

"그, 그, 그 사람이에요."

"그 사람이 누구?"

"알딘 님의 짝이 될 사람이요."

스네이크의 몸이 석상이 된 것처럼 굳었다.

셀리느가 성큼성큼 그녀들을 향해 다가간다.

시로네와 스네이크가 움찔거리며 천천히 뒷걸음질 쳤다.

스네이크는 자신이 왜 이러고 있는지 알 수 없었다. 시로네야 본 적이 있다지만 자신은 전혀 아니지 않은가.

하지만 몸이 멋대로 반응한다.

이게 남의 것을 탐하려던 자의 본능 그런 건가?

솔직히 아직 남의 것이라고도 할 수 없지 않나?

"둘이 붙어 계셨네요?"

"세, 셀리느 님……."

"……."

머리와 같은 분홍색 눈동자가 희번득 두 사람을 번갈아 본다.

시로네가 기어가는 목소리로 그녀의 이름을 불렀다.

스네이크는 입술을 밀봉한 것처럼 꾹 닫고 있었다.

허리춤에 손을 올린 셀리느가 눈을 가늘게 떴다.

왕방울만 한 눈은 반이 되어 봐야 보통 사람 정도다.

"일단 시로네 님."

"예?"

"어떻게 그러실 수 있나요? 그때 끝난 거 아니었나요?"

"그게 무슨……."

시로네가 모르쇠로 일관하겠다는 듯 시선을 돌렸다.

"다 알고 왔어요!"

"뭐, 뭘요?"

"알던 씨랑 두 사람이 함께 있는 사진이 이미 커뮤니티에

떴다고요."

"네?"

"어머, 진짜?"

당황한 시로네와 달리 스네이크는 흥미롭다는 듯 눈을 빛냈다.

그러나 셀리느가 살벌하게 노려보자 획- 반대편으로 시선을 돌렸다.

동시에 스네이크는 반사적인 자신의 행동에 자존심이 상했다.

내가 왜 이런 반응을 보여야 하지?

그녀가 미간을 좁히며 셀리느를 마주 보았다.

흠칫-

귀엽게 생긴 주제에 성난 얼굴을 하니 제법 무섭다.

하지만 인상으로는 그녀보다 자신이 더 세다 생각하는 스네이크였다.

"저기요."

"할 말 있으세요?"

"그럼요. 있고말고."

스네이크가 당당하게 한 걸음 앞으로 내딛는다.

시로네는 그 모습에 속으로 '오오!' 감탄했다. 그러면서 뒤로 한 걸음 물러나는 걸 잊지 않았다.

스네이크가 말했다.

"생각해 보니까 우리 사진이 떴든 말든 무슨 상관이에요? 까놓고 말해 보자고요. 알딘 씨랑 사귀는 사이?"

"에, 예?"

이번에 당황한 건 셀리느였다. 하나 금방 진정하고는 가슴을 쫙 내밀며 당당하게 말했다.

"사귀는 건 아니어도 만나기로 약속한 사인데요!"

"어머! 그럼 사귀는 건 아니라는 거네요?"

"사귀는 거랑 다, 다름없죠."

"에이, 그런 건 사귄다고 안 하죠. 안 그래요, 시로네?"

나는 갑자기 왜 부르는 거야?

시로네가 인상을 구기며 셀리느를 보았다. 그녀 뒤로 불길이 일렁이는 것 같은 건 착각일까?

사실 스네이크는 몰라도 시로네는 할 말이 없었다.

할 말이 있어도 논리적으로나 감성적으로나 필패가 확정되어 있다.

이번에 알딘을 찾아올 때도 그녀에겐 들키지 않을 생각으로 움직였다.

결국 이렇게 들키고 말았지만.

"왜 말이 없어요?"

"나, 나는 빼고 진행하고 있어 봐요."

"진행은 무슨 진행? 내가 TV 프로 MC도 아니……."

"시로네 씨한텐 정말 실망했어요."

스네이크의 말을 끊고 셸리느가 한 섞인 목소리로 시로네를 지탄했다.

"어떻게… 그때 그렇게 끝내셨으면서……. 어떻게 다시 알딘 씨 앞에 나타날 수가 있는 거죠?"

"그게……."

"뭐야? 무슨 일이 있었던 거야?"

전후 사정을 모르는 스네이크는 뻔뻔함으로 무장했던 시로네가 왜 이러는지 몰랐다.

셸리느 앞에선 순한 양 정도가 아니라 죄인이었다.

"시로네 씨, 어떻게 이러실 수가 있냐고요."

"미, 미안해요."

시로네는 고개를 숙인 채 작은 목소리로 사과했다.

얼씨구? 사과까지?

스네이크는 한 걸음 물러나 삼자 입장에서 그녀들의 모습을 지켜보았다.

시로네가 그녀와 알딘에게 큰 실수라도 저질렀던 모양이다.

알딘도 처음 그녀가 나타났을 때 어처구니없는 얼굴을 했었다.

하나 저 정도로 화가 나 있진 않았다.

"아니면 아쉬워서 다시 나타나신 건가요?"

"그건!"

인생 최대의 위기? • 275

"그것도 아니면 대체… 뭘 위해서?"

"잠깐, 잠깐! 머리가 너무 뜨거워진 것 같은데, 진정 좀 하시죠? 주변에 보는 눈도 많은데."

셀리느의 감정이 격해지기 직전 스네이크가 두 사람 사이에 껴들었다.

가만히 뒀다간 사태가 걷잡을 수 없을 정도로 커질 것 같았다.

셀리느가 주변을 둘러보았다.

어느샌가 상당히 많은 인파가 모여 자신들을 구경하고 있었다.

"자리를 옮기죠."

"그게 낫겠어."

두 사람이 의견을 맞췄고, 시로네는 시무룩한 얼굴로 고개를 끄덕였다.

저기 왜 이렇게 사람이 많이 몰려 있는 거지?

나는 원으로 둘러싼 듯 모여 있는 인파를 보며 고개를 갸웃했다.

인파 쪽으로 향하자 주변에서 날 알아본 사람들이 저들끼리 쑥덕대기 시작했다.

처음엔 뭐라고 하는지 못 알아들었는데, 가까워질수록 그들의 목소리가 선명해졌다.

"알딘 왔다, 알딘. 개재밌겠는데?"

"세 여자한테······. 개부럽네."

"너도 랭킹 2위 찍든가."

"닥쳐, 새키야."

저게 다 무슨 말이야?

뭐가 재밌고, 뭐가 부럽다는 건지 모르겠다.

인파를 가로지를까 하다가 그럼 너무 힘들 것 같아서 근처 건물 옥상으로 점멸했다.

넓은 도로가 한눈에 들어왔다.

건물이 꽤 높은 터라 아래 있는 사람들의 얼굴이 잘 보이지 않았다.

마력을 눈에 불어넣자 시력이 극대화되며 망원경으로 보는 것처럼 선명해졌다.

"어디 보자. 대체 무슨 일······."

시선을 이리저리 돌리다 서클이 만들어진 원인을 발견했다.

그리고 할 말을 잃고 말았다.

"이런······."

그곳엔 스네이크와 시로네, 그리고 셀리느가 모여 있었다.

어떻게 된 일인지 물어보지 않아도 알 것 같았다.

나는 이마를 짚으며 그곳으로 달려가려다 멈칫했다.

지금 내가 저곳으로 가면 혼란만 가중될 뿐이다.

그렇다고 이곳에 있기엔 그녀들이 구경거리가 되는 게 마음에 들지 않았다.

"에라, 모르겠다. 가자."

바로 점멸을 사용하려 했다.

그때 셀리느의 언성이 높아졌고, 재빨리 스네이크가 껴들었다.

그리고 주변을 둘러보고는 급히 자리를 떴다.

나는 안도의 한숨을 쉬었다.

인파는 그녀들이 사라지기가 무섭게 서클을 붕괴시키곤 제 갈 길을 갔다.

"다행이다."

주변을 인식하지 못했더라면 진짜 커뮤니티에 대문짝만하게 실릴 뻔했다.

스네이크가 나서서 말린 게 천만다행이었다.

나는 건물 밑으로 뛰어내린 후 투명화를 사용했다.

다른 사람 눈에 걸리기 전에 재빨리 그녀들이 사라진 방향으로 향했다.

차라리 잘됐다.

'오늘 모든 걸 끝내자고.'

더 이상 스트레스의 연쇄 작용에 고통받고 싶지 않다.
나는 굳게 마음먹고 걷는 속도를 높였다.

⊕ ⊕ ⊕

세 사람을 쫓아 어느새 도시 인근에 위치한 숲까지 왔다. 사람이 없는 곳을 찾다 보니 이곳까지 오게 된 모양이었다.

숲 안에선 두 사람의 목소리가 얽힌 채 소란스럽게 울리고 있었다.

셀리느와 스네이크였다.

나는 아랫입술을 깨문 채 그곳으로 향했다.

거리가 가까워질수록 그들의 목소리는 선명했다.

"앞으로 나타나지 말아 주셨으면 좋겠어요."

"말이 너무 심하신데요? 무슨 일이 있었는지는 모르겠는데……."

"모르면 가만히 계셔 주세요."

"그건 조금 그런데요?"

그들의 언사는 점점 높아지고 과격해지려 하고 있었다.

걸음을 멈추었다.

우거진 수풀에 가려져 얼굴이 보이진 않지만 세 여인은 저 너머에 있었다.

모든 걸 끝낼 작정으로 여기까지 왔지만 선뜻 용기가 나지 않았다.

과연 저 너머로 발을 디디는 게 현명한 방법일까?

차선책을 찾아보는 게 나에게 더 괜찮지 않을까?

'병신.'

나는 머저리다.

지금 나 혼자만의 안위를 찾자고 이런 생각을 하는 건 말이 안 된다.

이기적이고 싶지 않다.

떳떳하지 못한 감정을 가진 적이 있지만 적어도 내 욕심을 채우기 위해 행동한 적은 없다.

잘못한 건 사죄하고 바로잡으면 된다.

수풀을 넘어갔다.

바스락거리는 소리가 울렸고, 높아지던 목소리가 뚝- 끊겼다.

세 여인의 시선이 내게 향한다.

"알딘 씨……"

나를 유일하게 부른 이는 스네이크였다.

나머지 두 사람은 각자 다른 얼굴로 말없이 나를 쳐다봤다. 한 명은 서글픔과 죄책감이 뒤섞인 얼굴로, 한 명은 약간의 실망감을 띤 얼굴로.

스네이크는 평소보다 어둡긴 했지만 크게 다르지 않은 얼굴을 하고 있었다.

"여긴 어떻게 알고 오셨어요?"

셀리느가 말했다.

나는 지체 없이 대답했다.

"봤습니다."

"…계속 지켜만 보고 계셨던 거예요?"

"설마요. 제가 갔을 땐 그곳에서의 상황이 다 끝났을 때였어요. 다들 어딘가로 향하기에 급하게 따라온 거죠."

"잘 오셨어요. 어떻게 해야 하나 싶었거든요."

셀리느는 전에 없이 차가운 눈을 하고 있었다.

저런 눈도 할 줄 아는구나.

"미안합니다."

셀리느에게 고개 숙여 사과했다.

그녀의 눈살이 살짝 찌푸려졌지만 고개를 숙인 탓에 보지 못했다. 하지만 그녀가 대꾸하지 않는 것만 봐도 내게 실망했다는 걸 충분히 알 수 있었다.

고개를 들었다.

셀리느의 눈에 눈물이 맺혔다. 입은 턱에 주름이 생기도록 꽉 다물고, 주먹 쥔 두 손은 파르르 떨렸다.

울지 않기 위해 참는 모습이 애처로웠다.

그녀 뒤에 서 있는 스네이크 역시 씁쓸한 얼굴은 마찬가지였지만 내 행동을 보고 뭔가 체념한 듯 편안해 보였다.

시로네는-

인생 최대의 위기? • 281

"미안해요. 제가 곤란하게 만들었네요."

죽은 듯한 눈을 했다. 그러곤 터덜터덜 내 옆을 스쳐 지나간다.

그때의 기억이 오버랩되었다.

그녀의 손목을 꽉 붙잡았다.

셀리느가 놀란 듯 나를 쳐다봤고, 스네이크도 이번엔 한쪽 눈을 치켜들었다.

"이번엔 그런 식으로 도망치지 마세요. 오늘 모든 걸 끝낼 작정으로 온 거니까요."

"……"

"더 이상 저도 그렇고 다른 사람도 그렇고, 힘들게 하고 싶지 않습니다."

시로네의 손목을 놨다.

아직까지 등을 돌리고 있지만 발걸음을 떼진 않았다.

그걸 확인하고 가장 먼저 스네이크를 보았다.

그녀에겐 개인적으로 미안한 마음이 있었다. 의도한 건 아니지만 일련의 사건으로 인해 단호하게 선을 긋지 못했다.

하지만 이젠 그어야 한다.

내가 막 입을 떼려고 할 때였다.

"선 긋게요?"

"너……"

"내가 그런 눈치도 없는 줄 알아요?"

스네이크가 쾌활하게 웃었다.

역시 얼굴이 다른 두 사람에 비해 훨씬 편해져 있다.

스네이크는 깍지를 끼고 힘껏 기지개를 켰다. 비단결 같은 흑발이 올라가는 팔에 걸려 부서지듯 밑으로 떨어졌다.

"진즉에 알고 있었어요. 당신이 그런 마음을 가지고 있었다는 것쯤은. 하지만 이런 쪽으론 너무 여려서, 내게 미안한 마음에 아무 말도 못했잖아요. 다 눈에 보였어요."

"하하……. 그런데도 계속 옆에……."

"그게 나인걸? 근데 그것도 오늘까지인 것 같네요."

스네이크의 시선이 셀리느를 향했다.

"이 정도로 순애보일 줄이야. 조금만 더 하면 넘어올 줄 알았는데."

스네이크가 시크하게 말하며 머리를 뒤로 넘겼다.

"저 여자와 이 여자 사이에 무슨 일이 있었는지는 모르겠지만 당신이 왔으니 잘 해결되겠지. 난 이만 가 볼게요."

"스네이크."

"다음에 봐요~"

"뭐? 인마, 오늘 그걸 정리하려고……!"

"누구 마음대로? 체리보이! 하하하!"

스네이크는 그 말을 남기고 거짓말처럼 사라졌다.

재빨리 붙잡으려고 했지만 천방지축 4차원녀는 내 손조

차 빠져나갈 정도로 실력자였다.

그녀가 내 다음가는 랭커라는 걸 잊어 먹고 있었다.

내가 똥 씹은 얼굴을 하자 셀리느가 중얼거렸다.

"귀찮은 상대네."

"네?"

"아녜요."

내가 되묻자 셀리느는 고개만 저을 뿐 아무런 코멘트도 하지 않았다.

방금 잘못 들은 게 아니라면 살짝 섬뜩한 말을 했던 것 같은데.

그보다 스네이크는 내가 말을 꺼내기도 전에 먼저 입을 열어 주었다. 그건 나를 배려해 주는 행위였다.

마지막까지도 그녀에게 고마웠다.

남은 건 마지막 난관뿐.

"시로네, 이쪽으로 와요."

시로네가 주춤거리며 원래 있던 자리로 걸어왔다.

그녀는 제 바지 자락을 꽉 움켜쥐고 있었는데, 손등이 피가 안 통해 창백해져 있었다.

셀리느는 그런 그녀를 무서운 시선으로 바라보고 있었다. 그때 함께 있던 셀리느였기에 이런 반응을 이해할 수 있었다.

"셀리느."

"왜 불러요."

내 부름에도 화가 안 풀렸는지 목소리에 공격성이 있었다.

살짝 움찔했지만 여기서 겁먹어 봐야 해결되는 건 없으므로 말을 이었다.

"일단은… 진정해요."

"진정하게 됐……. 하아……."

발끈하던 셀리느가 말을 끝맺지 않고 한숨을 내쉬었다. 그러곤 최대한 진정한 목소리로 입을 열었다.

"저는요, 지금도 이해가 안 가요. 그때 그렇게 떠났던 사람이 무슨 낯으로 알딘 씨 앞에 나타났는지, 왜 나타났는지! 알 수가 없어요."

그녀 정도로 감정이 격해진 건 아니지만 그 말에 어느 정도 공감했다.

분명 시로네는 우리가 있는 앞에서 제대로 된 대화도 하지 않고 도망치듯 자리를 떴다.

그리고 반년이 넘는 시간 동안 단 한 번도 연락한 적이 없었다. 그런데 먼저 연락을 걸어왔다.

이유가 명확하긴 했지만 좋게 끝난 게 아니었으니 나로서는 그 부분도 의아했다.

물론 지금은 그 의문이 대부분 해소되긴 했지만.

그렇기 때문에 다시 만났을 땐 분명 선을 그었다.

하지만 되레 뻔뻔하게 스네이크를 경쟁자로 구분 지어 놓았다.

그 말인즉,

"저한테 아직까지 감정이 있으신 겁니까?"

이미 답이 나온 질문이었지만 시로네의 입으로 똑똑히 듣고 싶었다.

셀리느가 무슨 질문을 하냐는 듯 내 소매를 흔들었지만 이번만큼은 시로네에게서 시선을 떼지 않았다.

"알딘 씨!"

참다못한 셀리느가 내 이름을 크게 불렀다.

나는 그녀를 보며 잠깐만 시간을 달라고 손바닥을 내밀었다.

탐탁찮은 얼굴을 했지만 내 요청에 그녀는 붙잡은 소매를 놓았다.

"시로네."

"맞아요."

"당신……"

셀리느가 격하게 반응하려는 걸 손으로 제지했다.

시로네가 말을 이어 했다.

"안 잊히더라고요. 저도 제가 이 정도로 한 사람한테 빠지면 못 헤어 나오는 줄 몰랐어요. 이런 적이 있었어야죠. 하하……"

"시로네……."

"알딘 님이 저한테 무슨 말을 하려는지 알아요. 여기까지만 하자고, 이 이상은 무리라고, 서로 힘들지 말자고. 그런 말을 하려는 거겠죠."

대답할 수 없었다.

그녀의 말이 정답이었으니까.

내가 대답이 없자 시로네가 착잡한 한숨을 쉬었다.

"사실 알고 있었어요. 이곳에 온 것도 반쯤 미쳐 가지고……. 그래 가지고 온 거거든요."

"차라리 그때 좋게 풀고……."

"이런 감정에 좋게 끝나는 경우가 어디 있어요?"

맞는 말이라 반박할 수 없었다.

이번에도 내 이기심에 말실수를 해 버렸다.

"헛말이 튀어나왔습니다. 미안해요."

"아녜요. 좋게 끝내고 싶어서, 끝매듭을 잘 짓고 싶으셔서 그런 거잖아요. 이해해요. 그리고……."

시로네가 셀리느를 보았다.

그녀의 눈엔 슬픔과 부러움, 시기, 질투 등이 한데 어우러져 있었다.

마지막까지도 감정을 절제하지 못하는구나. 시로네는 혼자 그리 생각하며 셀리느에게 사과했다.

"죄송해요. 당신한텐 도저히 할 말이 없네요."

부러움이나 시기, 질투 등을 떠나 셀리느에겐 할 말이 없었다.

감정이 격해졌던 셀리느도 이번만큼은 안타까움을 숨기지 못했다.

그녀는 말없이 등을 돌렸다. 그것이 최소한의 배려였다.

시로네는 내게도 가볍게 인사하고 터덜터덜 걸음을 옮겼다.

나는 셀리느의 손을 꽉 움켜쥐었다.

"그만 나랑 만납시다."

"예?"

갑작스런 내 고백에 등졌던 셀리느가 고개를 내 쪽으로 돌렸다.

나는 희미하게 웃으며 말했다.

"그게 서로에게 마음 편하겠어요."

"알딘 씨."

"그리고 다시 한 번 사과할게요. 미안해요. 불안하게 만들어서."

셀리느의 눈에서 한 방울의 눈물이 볼을 타고 흘러내렸.

그녀는 서럽게 울며 내 가슴팍에 안겨 들었다.

"흐어어엉!"

"우, 울지 마요."

그녀는 내게 얼굴을 묻고 힘들었던 감정을 토해 내듯 주먹으로 가슴을 두드렸다.

"미워! 미워이잉! 흐어어엉!"

"자, 잠깐!"

"어뜨케! 어뜨케 나 몰래 다른 여잘 만나? 너무해! 너무 흐에에엥!"

"잠시……."

"미워이잉! 미……. 크흐으으응!"

"으악!"

옷에 코 푸는 건 조금 아닌데!

그러나 나는 그녀를 말리지 못했고, 안쓰러운 얼굴로 분홍색 머리를 부드럽게 쓰다듬어 주었다.

※ ※ ※

아멜로스는 낡은 헝겊으로 칼날에 묻은 피를 닦았다. 그의 주변엔 수많은 몬스터들이 시체가 되어 널브러져 있었다.

함께 있던 피타가 뻐근한 목을 문지르며 나타났다.

"어으! 힘들다, 힘들어."

"고생 많았다."

아멜로스는 곱상한 얼굴로 환한 미소를 지어 보였다.

뭇 여인들이 봤다면 심장을 움켜쥐고 쓰러질 만한 장면

이었지만, 피타에겐 매일 보는 얼굴일 뿐이었다.

"갑자기 웬 헛바람이 들어서 사냥에 열중하는 거야? 몹몰이 너무 귀찮다고."

"조금만 더 고생해 줘. 나도 일단 힘을 좀 길러 둬야지 않겠어?"

"그건 그렇긴 하지."

피타가 고개를 끄덕이자 아멜로스가 싱그러운 미소를 짓고는 자리에서 일어났다.

"그래서 거기는 손절할 생각이야? 진짜?"

"쓸모가 없어졌잖아."

"가만히 있지 않을 것 같은데."

"그곳은 한물갔어. 곧 다 잡힐 거야. 그 전에 발을 빼야지."

아멜로스가 대수롭지 않게 말했다.

이리 쉽게 대답할 사안은 아니었다.

그도 그럴 것이, 아멜로스는 '버그 아이템'을 유포한 조직의 간부였다.

이렇게 쉽게 버리기엔 조직은 굉장히 위험했다.

피타 역시 너무 안일한 게 아닌가 싶었지만, 그가 아멜로스를 걱정할 처지는 아니었다.

"네가 그렇게 말한다면야."

"이미 발 뺄 곳을 마련해 뒀으니까 걱정 마."

"내 자리도?"

"물론이지. 우린 한배를 탄 동지 아니겠어?"

아멜로스가 피타의 어깨에 가볍게 손을 올렸다.

피타가 기분이 좋아졌는지 허허 웃는다. 아멜로스도 같이 웃었다. 다만 그의 눈은 고요하게 떠진 채 허공을 바라보고 있었다.

제55장

소문

광전사가 죽지 않아!

스피어 클래스의 샤크는 평소처럼 사냥을 나섰다.

혼자 있는 걸 좋아하는 성격 탓에 그는 매번 솔플을 나섰는데, 오늘도 그런 날이었다.

샤크는 자신의 애창을 짊어지고 호크벨룬이란 산맥을 오르고 있었다.

"경사가 엄청 가파르네."

대부분이 암석으로 이루어진 호크벨룬은 오르라고 만들었는지 의심이 갈 정도로 급경사였다.

창을 등에 짊어지고, 한 손으로 튀어나온 턱을 잡고 다리를 연신 놀려 가며 오르는 것이 흡사 암벽등반이었다.

아닌 게 아니라 이 정도면 그냥 암벽등반이었다.

"끄응······."

다행이라면 근처에 몬스터가 없다는 것.

만약 비행 몬스터가 한 마리라도 출몰했다면 얄짤 없이 추락사했을 것이다.

그렇게 몇 분을 올랐을까.

정상까진 한참 남았지만 잠깐 쉴 수 있는 공간이 나타났다.

샤크는 창을 내려놓고 그대로 드러누웠다.

휘이잉-

높은 고도에서 불어오는 강풍은 고소공포증을 가진 사람에겐 위협적이었겠지만 샤크에겐 시원할 뿐이었다.

"흐아······. 그나저나 언제 다 오르냐?"

샤크가 호크벨룬을 찾은 이유는 하나였다.

정상에 위치해 있다는 던전에 들어가기 위해서.

몇 차례 격파된 곳이었지만 그곳에서 드롭되는 아이템이 그에게 꼭 필요했다.

난이도가 꽤 높다는데, 혼자서 될지 모르겠다.

가끔은 내가 알딘이었으면 좋겠단 생각이 들 때가 있었다.

샤크는 한숨을 푹 내쉬며 자리에서 일어났다.

"그런 괴물이랑 나를 비교한다는 것 자체가 말이 안 된다, 말이 안 돼~"

"뭐가 말이 안 돼?"

샤크가 혼잣말을 중얼거릴 때였다.

등 뒤에서 처음 듣는 여성의 목소리가 들려왔다.

목소리는 약간 몽글몽글한 것이 애교가 살짝 섞여 있었는데, 의도한 건 아닌 것 같았다.

뒤를 돌아보았다.

"뭐, 뭐야? 환청인가?"

아무도 없다.

가끔 이런 고도가 높은 곳에선 바람 소리가 사람 말처럼 들린다는데.

그런 것치고 너무 선명하긴 했지만.

샤크는 고개를 갸웃거리며 다시 몸을 돌렸다.

그리고,

"끄아아아악!"

귀신을 본 사람처럼 고막이 터져라 비명을 질렀다.

"누, 누구세요?"

그곳엔 귀여운 롤 펌을 한 보라색 머리의 여자가 서 있었다.

외모도 귀여운 머리만큼이나 앳됐는데, 전체적으로 둥근 상이라 아직 젖살이 덜 빠진 것 같았다.

나이는 14살? 15살쯤 되어 보였다.

'실제로는 더 되겠지.'

홀리 가디언의 최소 이용 가능 나이는 모르나 중학생은 절대 아닐 것이다.

여자는 하늘하늘한 꽃무늬 드레스를 입고 있었는데, 샤

크를 보며 살랑살랑 뛰듯이 걸음을 옮겼다.

그럴 때마다 꽃향기가 물씬 풍겨 왔다.

"뭐가 말이 안 되냐니까?"

여자는 같은 질문을 재차 했다.

아무래도 누구냐는 질문에 답할 생각은 없는 듯했다.

"알딘이란 사람이랑 비교하는 게 말이 안 된다고 한 건데."

샤크는 상대가 몇 살인지 관계없이 자신에게 반말을 하니 똑같이 반말을 했다.

여자도 별로 개의치 않는지 걸음을 멈추곤 작게 감탄하며 고개를 끄덕였다.

"그렇구나. 알딘이란 사람이랑 비교하는 게 말이 안 되는 거구나."

"그, 그렇지. 그런데 넌 누구야?"

아무리 봐도 앳된 얼굴이다.

많이 쳐줘 봐야 고등학생 정도 될 것 같은데.

학교를 안 가고 왜 여기 있단 말인가?

'아, 내가 너무 한국식으로 생각하나?'

한국 유저가 아닐 수도 있으니 괜한 질문은 하지 말자.

샤크는 그리 다짐했다.

여자가 고개를 들어 샤크를 보았다.

가까이서 보니 눈망울이 얼굴의 3분의 1을 차지할 정도로 컸다. 남색 눈동자는 어둠 속 호수처럼 반짝였다.

"내가 궁금해?"

"으응, 조금 궁금한데? 어떻게 여기에 올라온 거야? 분명 아무도 없었는데."

샤크가 처음 여기 올라왔을 땐 아무도 없었다.

혹시 몰라 마력까지 방사했었다.

아무런 기척도 느끼지 못했다.

"난 플라리스야. 넌?"

"난 샤크. 어느 서버 유저야?"

플라리스는 독특한 눈과 머리색 때문에 인종을 확실히 알기 어려웠다.

그래도 뽀얀 피부를 보면 백인은 분명한 것 같은데.

"모험가였구나."

플라리스가 손으로 입을 가리며 키득키득 웃었다.

두 눈이 활처럼 휘는데, 만화 속 캐릭터를 보는 것 같다.

"그렇다면."

이윽고 플라리스는 웃음을 멈추었고, 휘었던 눈이 다시 떠지는 순간,

"어?"

세로로 길게 뻗은 눈동자가 샤크를 응시했다.

뱀을 앞에 둔 먹잇감처럼 샤크는 움직일 수 없었다.

플라리스가 입을 열었다.

"살아나면 꼭 전해. 이곳으로 오라고. 그렇지 않으면 더 많은 사람이 희생될 거라고."

"무, 무슨……."

알 수 없는 섬뜩함과 꽃향기가 모순적으로 뒤섞인다.

"꼭! 전해야 해, 모험가."

"누구한테……?"

샤크가 홀리듯 물었다.

소녀는 싱그럽게 웃으며 대답했다.

"알딘에게."

바람이 불었다.

맑은 하늘에 구름이 몰려들었고, 역광이 호크벨룬을 뒤덮었다.

그 위로 거대한 그림자가 떠올랐다.

그것은 '뱀'이었다.

요즘 커뮤니티에 섬뜩한 소문이 나돌았다.

많은 유저들이 호크벨룬 인근에서 거대한 뱀을 맞닥뜨려 목숨을 잃는다는 소문이었다.

그리고 그 사람들은 하나같이 입을 모아 말했다.

거대한 뱀이 알딘을 찾고 있다고.

하지만 그 수가 너무 적었고, 몇몇 길드에서 탐사대를 꾸려 호크벨룬으로 보냈지만 뱀은 발견되지 않았다.

소문의 제공자들은 억울해했지만, 뱀이 거대하다면 발견되어야 정상이 아닌가?

몇몇 유저는 알딘에게 질투심을 느껴 함정을 준비한 게 아니냐는 의심까지 했다.

"흐음……."

그리고 당사자인 나는 그 소문이 매우 꺼림칙했다.

피해자들의 말이 사실인지 거짓인지는 모른다.

다만 거대한 뱀이란 게 목에 걸린 가시처럼 불쾌하게 느껴졌다.

"호크벨룬이면 안데르센 영지에 위치한 그곳인가?"

아틀란티스 동쪽에 위치한 이타신 제국의 영토로, 대공작 안데르센이 영주로 관리하는 땅이었다.

그곳엔 길진 않지만 상당히 높고 가파른 산맥이 하나 있었는데, 그곳이 호크벨룬이었다.

이번 생엔 아직까지 동쪽 방향으로 한 번도 진출하지 않았다.

아니지. 전생에도 아틀란티스의 동쪽은 거의 가 보질 못했다.

"가 볼까?"

소문의 근원지에 흥미도 있고, 슬슬 북쪽도 지루해진 탓이다.

극동 지역은 북쪽과 비교해도 수준이 떨어지지 않고, 얻을 수 있는 귀물도 꽤 되는 편이다.

그리고 슬슬 O.P.B의 비밀도 풀 필요가 있다.

"O.P.B가 뜻하는 북쪽은 아틀란티스. 그중에서도 고대 과학 문명이 파묻힌 장소는 이타신 제국뿐이지."

아직까지 급하지 않아 O.P.B의 비밀을 파헤치지 않았지만, 기왕 가는 김에 볼일은 다 보고 오는 게 좋지 않겠는가.

"좋아, 가 보자고. 그 전에."

어느새 많은 몬스터들이 나를 둘러쌌다.

"이놈들부터 정리하고 가야지."

검 손잡이에 손을 올렸다.

그리고 강대한 신력이 터져 나왔다.

✤ ✤ ✤

이타신 제국은 전생에 '로카팔라'라는 거대 길드가 자리 잡은 나라였다.

당시에 경쟁 길드들은 이타신 제국에 발도 들이지 못할 정도였는데, '로카팔라'의 길드장이 황제와 혈서로 작성된 계약을 맺은 사이였기 때문이었다.

당시 옥스타르 제국에 '흑룡'의 본거지를 세웠던 터라 나와 '로카팔라'의 길드장은 앙숙이었다.

덕분에 이타신 제국은 내가 거의 가 보지 못한 미지의 영역이었다.

"자유로운 게 좋긴 하구나."

나는 사방에서 올라오는 청량한 숲 내음에 기도를 활짝 열었다.

이타신 제국의 다른 이름은 숲의 제국.

사방이 숲으로 둘러싸여 있으며, 지천에 널린 게 산이었다.

강은 수십 줄기로 바다와 이어져 있었는데, 농사짓기 최적의 환경을 가진 비옥한 땅이었다.

심지어 지형이 지형이다 보니 천혜의 요새였다.

'로카팔라'를 다른 길드가 건드리지 못한 것도 함부로 쳐들어올 수 없는 구조였기 때문이었다.

그 '둠스데이'조차 이곳을 포기했으니 말 다 했다.

"일단 수도로 가야겠지?"

이타신 제국의 수도 앙그리드는 지금 있는 곳에서 걸어서 6일 정도 걸렸다.

말을 타기엔 지천이 숲이나 산이다 보니 오히려 속도를 내기 힘들다.

그래서 준비한 방법이 하나 있었다.

나는 미리 쥐고 있던 2미터 정도 되는 봉을 높이 들었다.

손끝에 맺힌 마력이 스며들자 봉이 빛나며 푸른 막을 펼치기 시작했다.

그것은 곧 완전한 형태를 잡더니 팟- 빛 가루를 털어 내며 행글라이더가 되었다.

"이게 21,000골드……."

현실에서도 천만 원 정도로 구입할 수 있는 물건을(괜찮은 품질 한정) 이곳에서 2배가 넘는 가격을 주고 샀다.

이유는 간단했다.

희소성과 높은 품질의 재질, 마력 주입으로 반영구적인 가동이 되기 때문.

설명만 들어 보면 합당한 가격 같으나 실상 잡아먹는 마력은 좋은 말로도 효율이 좋다고 할 수 없었다.

그나마 내가 모순점이라는 희대의 사기 스킬을 가지고 있으니 망정이었지, 일반 유저는 마법사가 아니고선 사용할 생각조차 못하리라.

"더 웃긴 건 날개를 형성하고 있는 천이 바람 저항을 거의 받지 못한다는 거지."

현실의 행글라이더처럼 바람을 타고 날 수 있다면 이런 불만도 어느 정도 줄었을 것이다.

바람+마력의 조합이라면 일반 행글라이더보다 훨씬 먼 거리를 날 수 있을 테고, 방향 전환도 훨씬 자연스러웠을 것이다.

근데 바람을 못 탄다.

어이가 없어 헛웃음도 안 나온다.

"젠장! 거긴 왜 아직도 이동 스크롤이 없는 거야?"

아무리 개척된 지 얼마 안 됐다지만 스크롤 개발이 너무 늦는다.

이 정도면 마법사 자식들, 직무 태만이다.

특히 스크롤을 팔아 밥 벌어먹고 사는 인챈터들은 태형에 처해 마땅하다.

나는 괜히 불평을 늘어놓으며 손잡이를 꽉 움켜쥐었다.

"개방."

마력이 실오라기처럼 풀려 나오며 행글라이더 전체와 연결되었다.

두둥실 몸이 떠오른다.

일반 행글라이더처럼 내가 직접 달릴 필요가 없다는 건 매우 편했다.

나는 정면을 쳐다보고는 입을 열었다.

"출발."

행글라이더의 양끝에 마력이 뿜어져 나오더니 화려한 날개를 펼치며 하늘을 질주하기 시작했다.

시야가 뿌예지며 세계가 녹색과 갈색, 하늘색으로 층이 구분된다.

"오오오오!"

불만을 토해 낼 때와 달리 환희에 찬 비명이 튀어나왔다.

마력이 바람 저항을 막았지만 피부를 뚫고 들어오는 시원함은 무척 상쾌했다.

방향을 구름 위로 선회하자 직각으로 꺾인 행글라이더가 가속하며 구름을 꿰뚫었다.

파악!

따사로운 햇볕이 나를 반긴다.

허공에서 세 차례 회전한 나는 급속도로 흥분했다.

마력이 빠져나가는 속도가 제법 빠르지만, 2만 골드가 아깝지 않다!

"달려, 달려!"

나는 있는 대로 마력을 퍼부으며 이타신 제국의 수도 앙그리드로 향했다.

쩌억-

거대한 아가리가 벌어진다.

보라색 비늘이 암광(暗光)에 번쩍이며, 길게 뻗은 송곳니 끝에 맺힌 독이 한 방울 떨어졌다.

치이익! 독 한 방울에 지면이 녹아내린다.

"으으으……."

철갑을 두른 남자는 겁에 질린 얼굴로 뒷걸음질 쳤다.

게임일 뿐인데도 압도적인 공포감이 전신을 지배해 말조차 나오지 않았다.

((알딘에게 전해.))

길고 얇은 혀가 남자를 핥았다. 그 끈적함은 마치 죽음이 들러붙은 것처럼 끔찍했다.

동시에 알 수 없는 꽃향기가 흘렀다.

((어서 오라고.))

비늘 끝에 자리 잡은 2개의 눈동자가 세로로 찢어진다.

아가리가 단숨에 남자를 집어삼켰고, 작은 방울이 바닥을 굴렀다.

또르르르-

방울이 구르는 소리와 동시에 툭- 무언가에 닿고 움직임을 멈추었다.

두꺼운 워커였다.

검은 가죽 장갑을 낀 손이 방울을 들어 올렸다.

파스슥- 방울이 먼지가 되어 사라졌다.

"악취미다."

((남이사.))

뱀이 입맛을 다셨다.

챙이 넓은 갈색 모자를 쓴 남자가 파이프를 물었다.

그러곤 관심이 사라졌는지 금세 몸을 돌렸다.

소문 • 307

뱀이 환한 빛을 뿜으며 인간의 모습으로 돌아왔다. 눈은 그대로 세로로 찢어진 포식자의 것이었다.

"어디 가?"

죽음을 속삭이는 것 같던 뱀의 목소리가 애교 섞인 소녀의 목소리로 변했다.

남자가 역겹다는 듯 파이프를 입에서 떼고 침을 뱉었다.

"남이사."

뱀이 했던 말을 그대로 되돌려 준 남자는 어둠 속으로 사라졌다.

뱀은 콧방귀를 뀌고 몸을 돌렸다.

지금까지 대충 수십 명의 모험가를 먹었으니 알딘이란 녀석에게 얘기가 들어갔을 것이다.

"언제 오려나?"

뱀은 홀로 중얼거리며 반대쪽으로 깡충깡충 뛰어갔다.

찌그러진 투구 하나가 텅 빈 그곳에 홀로 굴러다녔다.

✢ ✢ ✢

샤크는 길게 내려온 다크서클을 문질렀다.

요 며칠간은 그에게 있어 지옥 같은 나날이었다.

커뮤니티에 올린 글에 달리는 악플도 원인이긴 했지만 그보다 더 큰 원인이 있었다.

호크벨룬에서 마주쳤던 거대한 뱀.

자신의 키와 비슷한 송곳니에서 쏟아지는 보라색의 독.

심연의 구렁텅이를 연상케 하는 목구멍과 전신을 휘감아도 남을 기다란 혀.

그리고 잡아먹힐 때의 충격이 공포가 되어 그에게 지옥을 선사했다.

"으으……."

떠올리는 것만으로 사지가 벌벌 떨렸다.

그저 게임일 뿐이라고 자기 세뇌를 해 봐도 그날의 기억은 너무나도 선명해 머릿속에서 떠날 생각을 하지 않았다.

눈을 감으면 떠오른다.

너무 졸려 잠이 들 때면 여지없이 그날이 꿈속에서 재연되었다.

트라우마.

많은 유저들에게 발생하는 정신적 증상이었고, 가상현실의 극심한 단점이었다.

그중에서도 샤크는 독보적이라고 할 수 있었다.

비단 그만이 아니었다.

뱀을 마주한 사람 중 절반 이상이 그날의 공포 때문에 게임에 접속하지 못하는 사례가 고객 센터에 꾸준히 들어왔다.

그럴 때마다 게임사가 보내는 답장은 되도 않는 메크로

답변이었다.

"빌어먹을……."

샤크는 유리잔에 얼음을 넣고 냉수를 담았다.

찬물이라도 마시면 정신이 조금 돌아오지 않을까 싶어서였다.

머리가 쨍할 정도로 냉수를 들이켰다.

두개골을 관통하는 짜릿함에 정신이 번쩍 들었다.

"들어가자."

그날의 기억이 떠오르지만 이렇게 있을 수만은 없다.

인터넷에 검색해 본 바로 트라우마를 이겨 내려면 공포의 대상을 다시 대면해 보라고 했다.

이게 맞는 말인지, 아니면 헛소리인지는 모르겠다.

그저 답답하기 때문에 뭐라도 해 보려는 것이었다.

사실 정신과를 가 보면 되겠지만 게임 때문에 왔다고 말하기도 쪽팔리고, 아직까지 정신병원에 대한 안 좋은 인식이 남아 있어 거부감이 들었다.

샤크는 캡슐을 열고 드러누웠다.

유리관이 닫히자 공간이 급속도로 좁아졌다.

숨이 가빠 오고, 불안 증세가 급격히 올라왔다.

뱀의 아가리 속에 들어갔던 기억이 물밀듯이 머릿속을 가득 채운다.

트라우마로 인한 폐쇄 공포증이었다.

파르르 떨리는 손으로 캡슐을 여는 버튼을 찾는다.

그 순간 세상이 환해지며 드넓은 창공이 모습을 드러냈다.

"하아!"

멈췄던 숨이 터져 나왔다.

거짓된 배경이건만, 공간이 넓어졌다는 것만으로 숨통이 트인다는 사실이 우스웠다.

폐쇄 공포증도 별것 없구나.

샤크는 실없는 생각을 하며 로그인을 했다.

그리고 부활 지점에서 나타났다.

"…들어오기까지가 어렵지, 들어오니까 별것 없네."

말은 그렇게 해도 다시 캡슐에 들어가 있으라고 하면 힘들 것 같긴 하다.

시선을 새하얀 만년설이 덮여 있는 산맥으로 옮겼다.

호크벨룬이었다.

저곳에 그 괴물 뱀이 살고 있다.

길드가 꾸린 탐사대는 뱀의 그림자조차 못 봤다고 샤크와 목격자들을 부정했다.

일부, 아니 일부라고 하기엔 너무 많다.

많은 유저들이 목격자들을 거짓말쟁이라 몰았고, 알딘에게 질투를 느끼고 함정에 빠트리려 했던 파렴치한으로 몰았다.

억울했다.

"다시 한 번······."

생각하는 것만으로 벌써 손에 땀이 흥건하다.

주먹을 와락 쥐고 인벤토리에 잠들어 있던 애창을 꺼냈다.

굳게 마음먹고 막 걸음을 떼려는 순간이었다.

"저기요, 말 좀 물읍시다."

누군가 샤크를 불렀다.

막 마음을 먹은 상태인데, 누가 초를 친단 말인가?

샤크는 인상을 구기며 붙잡은 상대를 보았다. 그리고 찢어진 눈이 최대한 넓게 벌어지기 시작했다.

"호크벨룬이란 곳이 어딥니까?"

"아······."

"예?"

"알딘!"

적발 적안의 사내, 알딘이 그 외침을 듣고 한쪽 눈을 찡그렸다.

이거, 이거 운이 너무 좋은 거 아니야?

나는 샤크라는 남자를 보며 기쁘게 물어보았다.

"진짜 그 뱀을 본 목격자라는 말이죠?"

"그렇습니다······."

반면 샤크는 음울한 얼굴을 했다.

길게 내려온 다크서클은 원래 있던 거였는지 최근에 생긴 건지 모르나 매우 피곤해 보였다.

샤크가 말을 이었다.

"호크벨룬의 정상으로 향하던 중이었습니다."

그는 그날의 기억을 되새기며 천천히 얘기를 꺼냈다.

"그곳은 절벽이라 해도 좋을 정도로 경사가 가팔라 쉽게 오르기 힘든 곳입니다. 암벽등반을 하듯 꾸역꾸역 위로 올라가다 쉬는 곳이 있어 그곳에서 잠시 쉬었습니다. 그리고 다시 이동하기 위해 막 상체를 일으킨 순간이었죠."

마침표가 찍히는 순간 샤크의 눈동자가 살짝 떨려 왔다. 유심히 지켜보고 있었기 때문에 놓치지 않을 수 있었다.

"보라색 머리를 한 소녀였습니다. 아니, 겉모습만 소녀였고 실상은······. 아무튼 소녀와 평범한 대화를 나눴습니다. 이름을 교환하고, 서버가 어디냐고 물었는데······. 저보고 모험가냐고 묻더군요."

"플레이어가 아니었군요."

"예. 그러곤 뜬금없이······."

샤크의 입술이 파리해진다.

"묘한 경고를 보냈습니다."

"어떤?"

"이곳으로 오라고, 그렇지 않으면 더 많은 사람들이 희생될 거라고……."

"당신한테 한 경고인가요?"

"아뇨."

샤크의 눈동자가 나를 향했다.

공포에 절어 시시각각 흔들리던 눈은 거짓말처럼 고정되어 나를 뚫어져라 보았다.

샤크가 말했다.

"당신에게입니다."

뱀이 나를 찾는다.

그의 말만 듣고는 믿을 수 없다. 하지만 표정이, 호흡이, 목소리가 거짓말을 하지 않고 있다고 말하고 있었다.

"그다음은요?"

"그다음……."

샤크의 눈이 급격히 떨리기 시작했다.

끔찍한 기억이 되살아나 머리를 잠식한다.

샤크는 얼굴을 감싸 쥐고 상체를 웅크렸다.

"그다, 다, 다, 다, 다음……."

"저기요?"

"그다음엔……. 그다음엔……."

"샤크 씨! 샤크 씨!"

강하게 샤크를 흔들었지만 그는 굳은 돌덩이처럼 '그다음'이라는 말만 반복할 뿐이었다.

이럴 땐 보다 더 강한 충격을 주면 된다.

"실례하겠습니다."

구원이란 이럴 때 쓰라고 있는 거겠죠?

신력이 오른손을 타고 흘렀다.

나는 있는 힘껏 샤크의 뺨을 후려쳤다.

"컥!"

상체가 억지로 들리며 입술에서 피가 튀었다.

하얀 덩어리가 날아가는 게 보이는데, 이빨은 아니겠지.

샤크가 의자째로 뒤로 엎어졌다.

동조율 때문에라도 통증이 크진 않겠지만, 충격은 이만저만 아닐 것이다.

역시나.

샤크는 어벙한 눈으로 나를 보았다. 그 얼굴이 꽤 멍청해 보였다.

그에게 손을 내밀었다.

"정신 좀 차리셨습니까?"

"에? 예······."

"그거 다행이네요."

내가 히죽 웃으며 대답했다.

❖ ❖ ❖

"지, 진짜 가시게요?"

"당신도 그러려고 접속한 거 아니에요?"

"마, 맞죠."

나와 샤크는 호크벨룬을 등반할 준비를 하고 있었다.

절벽이나 다름없는 경사를 오르기 위해 클라이밍 장비를 몇 개 구매했다.

사실 암벽등반에 가장 필요한 건 로프지만, 이곳에서까지 현실의 안전 수칙을 그대로 따를 필요는 없었다.

오르는 데 필요한 아이스 엑스(아이스 바일, 피켈 포함)와 발을 고정시킬 수 있게 해 주는 크램폰 정도만 구했다.

그 외는 압도적으로 높은 피지컬로 커버하면 그만이다.

"가죠."

"저기……."

"걱정하지 마세요. 게임 속에서 한두 번 죽어 보셨어요? 그리고 직접 봐야 극복하실 것 같다면서요."

"직접 안 보셔서 그렇다니까요?"

"그럼 저 혼자 간다니까요?"

"으윽……."

같은 말이 몇 번째 반복되는지 모르겠다.

같이 가자고 의견을 맞춰서 이동하려고 하면 무서운지

계속 날 붙잡는다. 그래서 혼자 갔다 오겠다고 하면 그건 또 싫단다.

나보고 어쩌라는 거야?

"이 이상은 시간 낭비거든요? 그냥 혼자 가겠습니다. 알려주신 건 정말 고맙고요. 그럼."

"자, 자, 자, 잠깐만!"

"또 왜요?"

"…가죠. 같이 가자고요!"

샤크가 울먹이듯 소리쳤다.

나는 어깨를 으쓱이고는 걸음을 옮겼다.

그렇게 출발한 지 세 시간 정도가 지났다.

"후……. 좀 배고프네요."

"빵이라도 드시겠어요?"

샤크가 인벤토리에서 빵을 꺼냈다.

내가 피식 웃으며 고개를 저었다.

"빵 같은 걸 먹고 어떻게 힘을 냅니까?"

"네?"

"절 만난 건 행운이십니다. 맞은편에 앉으세요. 기가 막힌 걸 먹게 해 드릴 테니까."

"예에."

샤크가 의심스러운 눈초리로 나를 쳐다봤지만, 그 눈이

10분 후면 돌변할 것이다.

인벤토리에서 뒤집개를 꺼냈다.

이 뒤집개로 말할 것 같으면 훗날 최고의 셰프가 될 위드가 내게 선물한 유니크 등급의 뒤집개였다.

이것으로 요리를 하는 것만으로도 음식의 맛이 대폭 상승하니, 여행 필수품이라 할 수 있다.

모닥불을 피우고 주변에 크기가 비슷한 돌 3개를 두었다.

위에 프라이팬을 올린 다음 기름을 두르고, 준비해 온 두꺼운 스테이크를 올렸다.

춰이이이이익!

"오오오!"

팬 위로 고기가 올라가기가 무섭게 지글지글 끓으며 하얀 연기가 증기처럼 뿜어져 나왔다.

준비해 둔 시즈닝을 촤자작 뿌리고, 킵해 두었던 와인을 엄지로 반쯤 막고 시원하게 부었다.

콰르르르르~

자글자글 포도 향과 뒤섞인 육향이 콧속을 헤집는다.

샤크는 말을 잃고 감탄한 채 프라이팬을 뚫어져라 보았다.

"마무리."

엄지, 검지, 중지에 신력을 담아 가루처럼 스테이크 위로 뿌렸다.

 하얀빛 가루가 눈송이처럼 고기 위를 덮자 신성한 기운이 넘실거리며 피어올랐다.

 불을 껐다.

 손을 연기 안에 집어넣고 마력을 방사해 싹 다 걷어 냈다.

 나이프로 고기를 이등분하고, 플라스틱 접시 위에 자른 고기 반 덩이를 올렸다.

 "드세요."

 "와아……. 이런 것도 할 줄 아셨습니까?"

 "미식은 중요하니까요."

 "세상에……. 랭킹 포식자 알딘과 만난 것도 영광이지만 이런 요리까지 얻어먹다니……. 진짜 운이 좋군요."

 "흐흐! 칭찬 감사합니다."

 "어디……."

 샤크가 내게 받은 포크와 나이프로 고기를 한 입 크기로 썰어 입에 넣었다.

 나는 손에 땀을 쥐는 긴장감을 느꼈다.

 정식 셰프도 아니건만, 타인의 맛 평가는 언제나 나를 쫄깃하게 만든다.

 "어떠세요?"

 나는 기대 어린 목소리로 물었다.

우물우물- 고기를 씹던 샤크의 눈가에 미세한 주름이 잡힌다. 그러곤 씹기를 멈췄다.

설마 맛이 없나!

위드의 뒤집개를 써서 실패해 본 적이 없거늘!

샤크가 고개를 갸웃거리며 나를 본다.

그의 입이 다시 우물거리며 고기를 씹더니 꿀꺽- 식도 안으로 들어갔다.

"후……"

그가 짧게 숨을 토해 내고 냅킨으로 입가를 닦았다.

그런데 저 냅킨은 대체 어디서 난 거야?

아니, 이런 건 사소한 문제다.

샤크를 보았다.

그가 입술을 천천히 열었다.

"스테이크가 참……"

"참……?"

"맛있네요."

활짝 웃으며 말하는 샤크의 이빨엔 고기가 껴 있었다.

나는 만족스럽게 웃으며 식사를 시작했다.

뱀은 냄새를 맡았다.

쿵카쿵카-

그녀가 아주 좋아하는 소의 냄새였다. 그것도 익혔는지 소고기 특유의 구수함이 침샘을 자극했다.

뱀은 그곳으로 기어갔다.

거체가 초목을 짓누르며 빽빽했던 숲에 넓은 길을 만들기 시작했다.

"결국 짐승이 되어 버렸군. 쯧쯧!"

나무 위에 올라가 있던 챙 모자를 쓴 남자가 고개를 저었다.

그는 입에 문 파이프를 끄고 벨트 안에 꽂아 넣었다. 이러나저러나 저 뱀을 따라가긴 해야 한다.

풀쩍- 뱀의 등허리 위로 착지했다.

워낙 거대하다 보니 사람 하나 뛰어내리는 정도는 감지하지 못한다.

물론 사냥 모드라면 얘기가 다르겠지만.

"그나저나 냄새가 좋긴 하군. 대체 누가 여기서 고기를 굽는 거지?"

남자는 흑백이 뒤섞인 수염을 긁적였다.

이 뱀 때문에 요즘은 거의 사라졌다지만, 원래 몬스터가 많기로 소문난 곳이 이곳이었다.

그런데 여기서 고기를 굽는다는 것은 몬스터에게 여기 있다고 신호를 보내는 것이나 다름없었다.

"실력에 자신이 있는 건가?"

수백 마리가 몰려와도 끄떡없을 정도로 강자라면 또 상관없겠다.

그렇게 뱀의 등 위에 앉아 있을 때였다.

뱀이 몸을 일직선으로 길게 세웠다.

남자는 밑으로 뛰어내렸다.

"왜 그래?"

((찾았다.))

뱀이 그리 중얼거렸다.

남자가 뭘 찾았냐고 묻기 전, 그의 기감에도 2개의 기운이 포착되었다.

그중 하나는 나름 익숙했다. 아마 뱀이 잡아먹은 무수히 많은 모험가 중 하나일 터.

그렇다면 하나는?

"신력이로군."

남자의 눈이 검게 물들었다.

뱀이 기다란 혀를 내밀며 히죽 웃는다.

"알딘이다."

((알딘이다.))

두 존재가 동시에 알딘의 이름을 중얼거렸다.

우리는 거의 세 근에 달하는 소고기를 먹어 치웠다.

그것도 모자라 쟁여 놓았던 닭고기를 숯불에 구웠다.

"세상에, 이렇게 맛있는 고기는 또 처음이네요."

"그렇죠? 다른 유저들 보면 미식은 별로 신경 안 쓰고 게임만 주구장창 하더라고요. 솔직히 그러면 금방 질리거든."

"맞는 말입니다. 저만 해도 퍽퍽한 빵이나 들고 다니면서 허기를 채웠었는데. 조리 도구 몇 개 구입해야겠어요."

"좋은 생각. 먹읍시다. 금방 익었네."

내가 먼저 잘 익은 닭고기를 소스에 찍어 한 입 먹었다.

다릿살이었는데, 쫄깃함이 이루 말할 수 없을 정도였다.

소고기에 비하면 풍미에서 한참 밀렸지만, 이것 또한 취향 아니겠나?

샤크도 내가 먹는 걸 보고는 곧장 다른 부위를 들어 소스에 찍었다. 모양을 보니 닭 가슴살이었다.

꽤나 퍽퍽하지만 그 맛에 찾는 사람도 많았다.

나는 예전에 다이어트하던 시절이 떠올라 극혐했지만.

"으적으적! 세임에선 이렇게 먹어도 살도 안 찌고, 진짜 얼마나 좋아요."

"와작와작! 맞습니다. 영양분도 몸에 안 들어오긴 하지만, 그게 무슨 상관입니까? 이렇게 맛만 좋은데."

"호호! 드실 줄 아시네."

"알딘 님이야말로 진정한 미식가십니다. 하하!"

우리는 입에 음식을 잔뜩 넣은 채 대화를 나눴다.

대부분이 서로에 대한 칭찬이었다.

역시 맛있는 음식은 사람을 긍정적으로 만든다.

샤크의 표정만 봐도 알 수 있었다.

우울하고 겁에 질렸던 기색은 온데간데없이 사라졌다.

그저 웃으며 고기를 먹고, 음료를 마신다.

나는 약간의 만족을 느끼며 다시 고기를 입에 넣으려고 했다.

툭-

샤크가 들고 있던 닭고기가 바닥에 떨어졌다.

"아이고, 아까워라. 왜 그러세……."

떨어진 고기가 아까워 다시 주우려고 했다.

샤크의 얼굴이 굳어 있다. 그뿐만 아니라 손을 바들바들 떨며 내 뒤편을 말없이 응시했다.

무슨 일인가 싶어 고개를 돌렸다.

"…뱀?"

그건 뱀이었다.

무지막지하게 커다란.

그리고 그 뱀은 길게 찢어진 눈을 번들거리며 몸을 일으켰다.

나와 샤크의 고개가 저절로 하늘을 향했다.

끝이 살짝 갈라진 얇은 혀가 구름이 닿는 곳에서 꼬불꼬불 움직였다.

"저겁니다."

무미건조한 음성으로 샤크가 말했다.

"크죠?"

나에게 동의를 구하는 듯한 물음이 왔고,

"크네요."

나는 솔직하게 대답했다.

눈앞의 뱀은 과하다 싶을 정도로 컸다.

내가 보아 왔던 무수히 많은 몬스터들보다 더욱더.

'그렇다고 비교할 만한 몬스터가 없는 건 아니야.'

뱀은 분명 손에 꼽힐 정도로 거대했지만, 나는 저것보다 2배는 더 큰 몬스터를 본 적 있었다.

그게 지금 상황에 위안이 되는 건 아니었지만, 그냥 그렇다고.

"도망쳐야 합니다."

그런데 저 사람, 겁에 질린 것치고는 생각보다 말을 잘한다.

그의 의견에 어느 정도 동의했다. 전력을 다한다면 도망칠 자신도 있었다.

나 혼자서.

'샤크를 동반하는 건 절대 무리야.'

점멸과 번개의 길을 혼자 사용한다면 사거리가 대폭 올라간다.

하지만 한 명이라도 끼는 순간 확 줄어드니 저 뱀에게서 도망치는 건 어려웠다.

거기다 저 거체를 이끌고 왔는데도 바로 뒤에 올 때까지 눈치채지 못했다.

덩치만 봐도 지금 수준으로는 잡을 수 없지만 거기에 은밀함까지 더해지니, 저건 최소 4차 전직을 마쳐야 도전해 볼 만했다.

그마저도 도전 가능성이 생긴 거지, 승리한다는 확신은 절대 없었다.

오히려 패배할 가능성이 더 높으리라.

"도망치는 건 불가능할 겁니다."

"……"

내 말에 샤크도 동의하는지 입을 꾹 닫았다.

"저 뱀이 날 찾았다는 거죠?"

"맞아요."

너무 높아 잘 보이지 않지만, 뱀이 왠지 이곳을 보는 것 같았다.

뱀이 몸체를 구부리더니 순식간에 우리의 코앞으로 고개를 내밀었다.

나는 커진 눈으로 뱀을 보았다.

반응하지 못했다.

'이거 완전 괴물인데?'

생각을 전면 수정해야겠다.

점멸과 번개의 길을 최대한 활성화시킨다 해도 도망은 불가능하다.

저런 속도라면 내가 사용하는 공간 도약 따위는 단숨에 쫓을 테니까.

심지어 사냥할 생각조차 없는 걸 보면 전력을 다한 게 아니었다.

그 부분이 날 더 절망케 만들었다.

'이런 괴물이 대체 왜 여기 있는 거야?'

호크벨룬은 이런 수준의 몬스터가 나올 만한 곳이 아니었다.

아틀란티스의 금역이라 불리는 곳에서도 훨씬 깊이 들어가야 편린이나마 확인할 수 있으리라.

무엇보다 이 기세.

제대로 끌어 올린 것 같지 않은데도 '아크렐리온'을 연상시키지 않는가?

물론 아틀란티스로 향하는 길목을 지키고 있는 블랙 드래곤에 비해선 한참 약하겠지만.

"당신은 누구십니까?"

뱀은 샤크를 비롯한 여러 플레이어들에게 내 소재에 대해 묻고 다녔다.

즉, 말이 통한다는 것.

뱀의 커다란 눈이 가늘어졌다.

그렇다 해도 사람 하나는 들어가고도 남을 만한 공간이 있었지만.

뱀이 입꼬리를 들어 올렸다.

((알딘, 맞지?))

목소리를 듣는 순간 나는 눈을 크게 뜰 수밖에 없었다.

뱀의 그것처럼 섬뜩하게 울렸지만 어딘가 익숙한 목소리였다.

그때 뱀의 뒤에서 또 다른 익숙한 목소리가 들렸다.

"제법이군. 인간의 몸으로 신력을 갖추다니. 이 정도면 반신격인가?"

뱀이 머리를 숙였지만 그래도 수십 미터 높이였다.

그런 곳에서 코트를 걸치고 챙이 넓은 가죽 모자를 쓴 남자가 가볍게 뛰어내렸다.

익숙한 차림새.

남자가 고개를 든 순간 나는 헛웃음을 터트렸다.

"허허!"

"웃어?"

남자가 한쪽 눈을 찡그린다.

흑백이 오묘하게 뒤섞인 멋들어진 수염이 간질간질 흔들렸다.

((살기를 뿌리지도 않았는데, 실성했나?))

"그럴 리가. 저 뒤에 있는 놈도 멀쩡해 보이는데. 겁에 잔뜩 질린 것 같다만."

그들의 시선이 샤크에게 닿았다.

샤크는 몸을 움찔하며 뒷걸음질 쳤다. 본능에 의거한 행동이었다. 게임 속이라지만 가상현실인 만큼 압도적인 포식자 앞에선 어쩔 수 없다.

남자는 어깨를 으쓱이고는 다시 나를 보았다.

"알딘이 맞는가? 적발 적안이 들은 설명과는 일치하지 않지만, 그자의 유지를 이었다면 당연히 물려받았을 테니 맞겠지."

"……."

((왜 말을 안 해? 벙어리야?))

"……."

나는 말없이 남자와 뱀을 번갈아 보았다.

그렇구나.

뱀의 모습을 하고 있어서 알아채지 못했다. 남자가 아니었다면 끝까지 몰랐을 수도 있겠다.

남자가 검게 물든 눈으로 내게 경고했다.

"한 번만 더 대답하지 않는……."

"예, 예. 제가 알딘입니다."

그 말을 끊고 대답했다.

남자가 눈살을 찌푸렸다.

소문 • 329

"그래서 절 왜 찾으셨습니까. 세상을 오시하는……."
나는 약간의 신력과 마력을 일으키며 말했다.
"두 절대자께서."

✢ ✢ ✢

마마야루 대륙에서 가장 강력한 힘을 가진 8명의 인간.
사람들은 그들을 한데 모아 팔왕(八王)이라 불렀다.
차례대로 투왕(鬪王), 사령왕(死靈王), 창왕(槍王), 흑왕(黑王), 마도왕(魔道王), 천마왕(天魔王), 사왕(蛇王), 권왕(拳王).
한 명만 등장해도 전쟁의 판도를 뒤집을 수 있으며, 마음만 먹는다면 일국의 왕조차 살아남을 수 없다.
존재 자체가 걸어 다니는 국가이며, 각자의 분야에서 최고를 이룩한 괴물들.
그중 두 존재가 내 앞에 있었다.
"흑왕, 사왕. 맞죠?"
남자의 입꼬리가 올라갔다.
새까만 기운이 남자의 몸을 타고 피어올랐다.
거멓던 눈동자가 황금빛으로 물든다.
"재밌는 아해(兒孩)로다. 어찌 우리의 정체를 간파했는가?"

남자의 말투가 달라졌다.

어마어마한 기세가 서 있는 공간을 짓누르며, 심연을 보는 것 같은 어둠이 연기처럼 그의 몸 주위를 회전한다.

"크으으으으!"

털썩!

뒤에 있던 샤크가 버티지 못하고 무릎을 꿇었다.

그 정도로 압도적인 힘이었다.

절반이라도 신격을 이루지 못했다면 샤크와 크게 다르지 않은 꼴이 됐을 것이다.

그렇다고 지금도 버틸 만하다는 건 아니었다.

허리디스크가 온 것처럼 손발이 저릿하다.

1번 척추가 찌릿찌릿 울리는 것이, 골반의 균형이 무너진 것 같았다.

거대한 뱀이 보라색 빛을 흩뿌리며 작게 축소되기 시작했다.

"와아- 버틴다."

귀여운 롤 펌을 한 보라색 머리의 소녀였다.

익히 알고 있는 얼굴이기도 했다.

나는 입술을 벌리는 것조차 버거웠지만 최대한 내색하지 않고 말했다.

"어떻게 아나요. 이만한 힘을 지닌 인간이 세상에 몇이나 된다고."

남자, 팔왕 중에서도 네 번째에 기록된 흑왕이 흥미롭다는 듯 웃었다.

"너는 우리의 힘을 느꼈다는 것이냐?"

"그러니까 말을 했겠죠."

"네게 그 정도 능력은 없다."

단언하듯 흑왕이 말했다.

나는 피식 웃을 수밖에 없었다.

그게 비웃음인 줄 알았는지 흑왕의 얼굴이 무섭게 굳었다.

"아아, 비웃은 거 아니니까 그렇게 쳐다보지 마세요. 겁에 질려서 죽을 것 같잖아요."

"그런데 아까부터 말투가 꽤 건방지구나. 무얼 믿고 그리 건방을 떠느냐?"

흑왕의 기운이 난폭해졌다.

이번 건 나도 버티기 힘들어 신력과 마력을 최대치로 일으킬 수밖에 없었다.

키이이이잉!

신체 내부에서 기이한 공명음이 울리며 빛과 어둠, 황금빛 뇌기, 녹색 기운이 뒤섞였다.

내가 가진 모든 힘을 총동원한 것이다.

흑왕과 사왕의 눈에 이채가 스쳤다.

"역시 흥미로운 아해다. 하나의 몸으로 거대한 3개의 힘을 가지고 있다니."

"그러게 말이야. 그 괴물의 힘과 두 신격의 힘이라니. 그중 하나는 반쪽 중에서도 타락으로 어그러진 것이긴 하지만."

타락으로 어그러진 반쪽짜리 신격은 '쿠르탄'을 말함이리라.

"하여튼 말을 계속해 보자면, 저는 모험가입니다."

"알고 있노라."

"그러니까 알 수 있는 겁니다. 그래서 웃었던 거고요."

"…아아. 하!"

뭔가 깨달은 듯한 흑왕이 어이없단 얼굴이 되었다.

사왕도 마찬가지였다.

그녀는 입을 반쯤 벌린 채 얼굴을 일그러트렸다. 왕방울만 한 눈은 어느새 세로로 갈라진 눈동자로 번들거렸다.

"대체 너희 모험가란 족속들이 무엇이기에 그리도 부조리한 권능을 타고났단 말이냐?"

"이만한 격차가 나는데도 알 수 있다고? 말도 안 돼."

"너희 모험가에게 그런 능력이 있다면 납득할 수 있겠군. 죽음에서 아무렇지도 않게 되살아나는 종자들이니 우리에게 겁을 먹지 않는 것도……."

그러면서 샤크를 본다.

샤크는 겁에 질린 얼굴로 덜덜 떨고 있었는데, 침을 질질 흘리고 있었다.

벌게진 코에서 흐르는 콧물은 덤이었다.

"그냥 네가 독특한 걸로 치자꾸나. 어쩌면 우리보다 더한 괴물을 뒤에 두고 있으니 공포심을 못 느끼는 걸 수도 있겠지."

흑왕은 대수롭지 않게 말하며 기운을 거두었다.

수백 톤처럼 느껴지던 압박감이 거짓말처럼 사라졌다. 덕분에 바짝 긴장하고 있던 내 힘이 활화산처럼 폭발해 풀려나왔다.

"미숙하도다."

흑왕이 혀를 차며 손을 휘저었다.

네 가지 힘이 동시에 허공에서 소멸했다.

과연 세상을 오시할 수 있는 절대자다웠다.

"후우……. 그래서 제겐 무슨 볼일입니까? 당신들이 자유롭다 하나 이곳은 아틀란티스입니다."

"제법 많은 걸 알고 있네, 꼬맹이?"

사왕이 음침한 미소를 지었다.

저런 얼굴로 저런 미소를 지으니 괜히 꿈에 나올 것 같다.

"일단 샤크, 일어나요."

"예? 아……. 예."

샤크가 강제로 꿇려진 무릎을 폈다. 그러다 휘청 넘어질 뻔했다.

거대한 힘을 직면했으니 격이 부족한 아바타가 약해지는 건 당연한 일이었다.

아마 엄청난 알림음을 들었을 테지.

가령,

[거대한 힘을 정면에서 받아들였습니다.]

[모든 능력치가 50퍼센트 감소합니다.]

[상태 이상 '무력감'에 빠집니다.]

[상태 이상 '공포'에 빠집니다.]

[상태 이상 '패닉'에 빠집니다.]

[상태 이상……]

등등 아주 많은 수의 상태 이상이 그를 괴롭혔을 것이다.

나 역시도 그 수치가 절감했을 뿐 비슷했다.

나는 그에게 스크롤을 쥐여 주었다.

"돌아가세요. 이건 사례금입니다."

돈도 조금 쥐여 주었다.

이곳까지 데려다준 답례였다.

샤크는 멍하니 나를 보았다.

내가 웃으며 고개를 끄덕이자 그는 나중에 보자는 말과 함께 스크롤을 찢었다.

"좋은 판단이다. 어떤 상황이 벌어질지도 모르는데, 나약한 인간은 그저 죽어 나갈 뿐."

"어차피 모험가라 죽어도 살아납니다. 그냥 개인적인 얘기가 될 수 있는데 다른 사람이 들어서 좋을 거 없잖아요."

"현명하네."

사왕이 히죽 웃었다. 말괄량이 같았다.
나는 고개를 저으며 다시 본론으로 돌아갔다.
"그래서 두 절대자가 절 찾아온 이유가 무엇입니까? 엄청난 '리스크'를 감수하면서까지."
내 물음에 두 팔왕이 알 수 없는 미소를 머금었다.

8권에 계속

www.mayabooks.co.kr

www.mayabooks.co.kr